LETTRE D'AMOUR SANS LE DIRE

Romancière et dramaturge, Amanda Sthers est née à Paris en 1978. En 2006, sa pièce de théâtre, *Le Vieux Juif blonde*, lui vaut un succès international et une reconnaissance exceptionnelle. Elle est également scénariste et réalisatrice. Elle a notamment réalisé le film *Les Promesses*, adaptation de son roman éponyme, prochainement dans les salles.

Paru au Livre de Poche :

KEITH ME

MADELEINE

LES PROMESSES

ROMPRE LE CHARME

LES TERRES SAINTES

AMANDA STHERS

*Lettre d'amour
sans le dire*

GRASSET

© Éditions Grasset & Fasquelle, 2020.
ISBN : 978-2-253-10354-7 – 1ʳᵉ publication LGF

Pour ma maman

Cher monsieur,

Je vous écris cette lettre car nous n'avons jamais pu nous dire les choses avec des mots. Je ne parlais pas votre langue et maintenant que j'en ai appris les rudiments, vous avez quitté la ville. J'ai commencé les leçons de japonais après notre septième rencontre. C'était en hiver, les feuilles prenaient la couleur que je prêtais à votre pays. Je voulais vous demander de le décrire afin de vous comprendre avec lui.

Lors de mon premier cours, mon professeur m'a fait la courtoisie de ne pas me questionner sur la raison qui me poussait à apprendre le japonais à mon âge. Il m'a simplement demandé s'il y avait une échéance, je lui ai répondu qu'elle était celle du destin.

« Unmei », a-t-il dit, et ce fut le premier mot que m'offrait votre culture.

C'est aussi le destin qui m'a mise sur votre route, pourtant je le croyais étranger à ma vie. Mon nom est Alice Cendres mais vous me connaissez sous le nom d'Alice Renoir. Je ne vous ai jamais expliqué cette confusion car cela ne me semblait pas nécessaire au début et le temps passant il eût été étrange de me débaptiser. Plus tard, j'ai pensé que j'avais été stupide, qu'il vous était impossible de me retrouver si jamais vous aussi vous aviez voulu apprendre mes mots comme je me saisis des vôtres et venir me dire ce que je m'apprête à essayer de vous écrire. Je vous supplie d'accorder de l'attention à ces quelques pages. Elles peuvent vous sembler légères par endroits, graves ou impudiques à d'autres, mais vous comprendrez peu à peu que ma vie en dépend.

Je suis entrée dans le salon de thé le 16 octobre de l'an dernier. Je consigne tout dans un carnet, comme une sorte d'almanach qui tient dans ma poche et dessine un rythme à ma vie et au peu d'événements qui la ponctuent. Je me serais souvenue de ce jour sans en avoir rien écrit. Mais je l'ai fait. Sous cette date, il est indiqué le nom du lieu : « Ukiyo » et j'ai glissé la carte de visite du salon de thé pour être certaine de le retrouver. Je sais maintenant que le mot Ukiyo n'existe pas dans mon langage, qu'il veut dire profiter de l'instant, hors du déroulement de la vie, comme une bulle de joie. Il ordonne de savourer le moment, détaché de nos préoccupations à venir et du poids de notre passé. Il était seize heures quand j'ai poussé la porte. Les enfants de l'école voisine jouaient sous la pluie et sautaient dans les flaques tandis que d'autres couraient avec leurs cartables sur le dos. Sur le mien je portais une vie qui endolorissait tout mon être mais je ne le savais pas. J'ai souri, une jeune femme que je sais maintenant se prénommer

Kyoko m'a fait m'asseoir juste d'un mouvement des lèvres.

J'ai retiré mon manteau et mon bonnet mouillés. Sans que je le demande, elle a posé devant moi un petit plateau sur lequel étaient disposées une théière noire et une tasse bleu ciel fragile qu'elle a remplie à moitié. Elle a précisé que ce thé provenait de Miyazaki, la ville où je vous adresserai ce courrier au matin. Je ne l'ai pas bu tout de suite, je me suis contentée d'observer le liquide qui m'a réchauffée ; un futsumushi sencha aux feuilles d'un vert intense qui donne un breuvage aux couleurs du soleil qu'on regarde à travers les herbes hautes quand on est adolescent et qu'on se couche dans les prés. J'ai pensé « il faudrait un nom à cette couleur », sans savoir qu'il existait dans votre pays un mot pour qualifier les rayons qui se dispersent dans les feuilles des arbres : komorebi. Cette teinte qui se diffuse dans le vent et à travers laquelle on voit les choses plus belles. Pourtant le goût n'est pas aussi limpide et transparent que la robe de ce thé, il a une densité qui ressemble à de la liqueur. Sa saveur ressemble à du miel adouci par un cacao amer. Pardonnez mon extase et mon souci du détail mais il est important que vous compreniez que ce jour-là a transformé ma vie. Pas comme un choc mais plutôt une vague qui s'en revient vers la plage, et s'apprête à repartir à l'assaut de l'océan tout entier.

Je viens d'un monde où nous ne goûtions pas aux choses exotiques, je n'ai jamais voyagé que dans des livres et c'est ainsi que je suis devenue professeur de français. Sans doute aurais-je mieux fait de choisir le métier d'hôtesse de l'air, de sentir de vrais bras autour de ma taille, d'embrasser des visages d'autres couleurs. Au lieu de ça, je n'ai pas quitté le Nord pendant mes quarante-huit premières années, j'ai imaginé l'amour, les gens et les odeurs. J'ai trouvé l'aventure dans le confort de mon salon, sous une couverture, accrochée aux pages que je ne cessais de tourner. Je vis à Paris depuis trois ans et je suis toujours effrayée de ne pas y être à ma place. J'ai emménagé ici à la demande de ma fille qui a épousé un homme riche et m'a « installée » dans un appartement confortable ; sans doute afin ne pas avoir à prendre le train pour me rendre visite et ne pas s'embarrasser d'une mère qui ne répond pas aux exigences de sa nouvelle position sociale. Elle a pensé que je déménageais avec plaisir tandis que je tentais de satisfaire le sien. J'ai pris une retraite très anticipée et elle m'a convaincue que j'allais enfin « pouvoir écrire mon roman » mais aucune d'entre nous n'y a cru. Cela a toujours été un fantasme. Elle pensait que sa démarche me consolait de son arrivée prématurée dans ma vie, des sacrifices qu'elle avait impliqués, qu'elle me rendait une part de la jeunesse qu'elle s'imagine m'avoir volée. Mais elle est ce que j'ai fait de mieux et de plus beau. Je suis triste qu'elle ne soit pas plus en feu, qu'elle ne soit pas de ces filles qui courent sous la pluie, qui rient, qui pleurent et qui brisent des cœurs. De ces filles qui dansent pieds nus. Je n'ai jamais souhaité qu'elle me rende mon insouciance mais qu'elle profite de la sienne.

Quand j'ai eu fini mon thé, Kyoko m'a fait monter quelques marches et amenée jusqu'à une pièce attenante en disant « Renoir », qu'elle prononçait avec un accent qui m'a d'abord rendu la chose impossible à comprendre, je pensais qu'elle me demandait de la suivre en japonais, je n'ai pas osé refuser. Elle insistait. Elle m'a menée dans une pièce plus sombre et nue, seules deux branches de cerisier fleuries tenaient dans un vase rectangulaire, un plancher de bois et au milieu un grand sol mou, comme ceux des salles d'arts martiaux. Sur le côté un petit banc laqué permettait de poser ses affaires. À son geste, j'ai compris qu'il fallait enlever mes chaussures et j'ai saisi le pyjama bleu marine qu'elle me tendait. J'allais protester mais elle a refermé la porte avec un sourire. Je me suis dit qu'elle allait me faire un massage et que c'était compris dans la formule avec le thé. Je n'ai pas osé refuser.

Je ne me rappelle plus ce que je portais. Sans doute mon pantalon noir un peu trop court et un col roulé gris. Rien qui vaille la peine de s'en souvenir.

Jamais je ne m'étais fait masser. Nous n'avions pas beaucoup de moyens et j'ai toujours donné la priorité à d'autres choses. Le corps n'avait pas de place dans nos vies. Nous l'habitions pour nous déplacer, manger, prendre du plaisir honteusement ou recevoir des coups mais l'idée qu'il puisse exister en soi ne faisait pas partie de mon éducation. J'ai su que j'étais belle en regardant des photos de moi, des années après. Jamais je ne m'étais posé la question et personne n'en parlait. Dans mon monde, on faisait ce qui devait l'être. J'exécutais les mouvements mécaniques de l'existence. J'ai enfilé le pyjama sur ma peau nue. L'averse jouait un cliquetis musical sur le toit en ardoise, la gouttière battait une mesure joyeuse. La pièce de massage était dans une sorte de maisonnette individuelle accrochée à la boutique avec une minuscule fenêtre rectangulaire en hauteur. J'avais une sensation de bout du monde, d'île accrochée au reste de Paris. La pluie qui tombait me berçait. J'étais épuisée mais je ne m'en parlais jamais. Je tenais bon, je marchais d'un pas rapide, ma vie m'empruntait pour faire son temps plus que je ne la vivais. Il avait fallu que j'entre ici pour que tout me tombe dessus, que j'abandonne ma force et mon courage. Les minutes pendant lesquelles je vous attendais sans le savoir m'ont anéantie.

Je ne savais pas si je devais m'allonger à même ce sol mou, je me suis assise en tailleur dans une torpeur qui me faisait chanceler.

Quand vous êtes entré, j'étais presque anesthésiée.

Vous vous êtes agenouillé.

Je ne m'attendais pas à ce qu'un homme me masse. En temps normal j'aurais protesté mais il émanait de vous une douceur mêlée à une autorité et j'étais dans un état de faiblesse, le jouet d'une histoire que je n'écrivais pas. Le pyjama me protégeait, alors guidée par vos gestes, je me suis allongée sur le dos.

Vous avez pris un moment pour joindre vos mains devant votre poitrine en position de prière puis incliner lentement le buste vers le sol. Cela m'a rassurée sans trop savoir pourquoi, comme si vous quittiez vos attitudes humaines pour vous concentrer uniquement sur mon corps. Et moi je vous l'abandonnais sous un tissu fragile alors qu'aucun homme ne l'avait touché depuis tant d'années.

Vous avez saisi doucement ma main afin de prendre mon pouls. Aucune émotion ne passait sur votre visage.

« Froid ? »

Oui, j'avais froid. J'ai hoché la tête.

« Fatigue ? »

Je n'avais jamais été si fatiguée que depuis que je ne travaillais plus. Mais je ne pouvais pas répondre. Je regardais vos doigts soigneusement manucurés, tandis que j'avais négligé mes ongles au vernis écaillé. J'ai eu honte de m'être laissée aller. Tout en moi exprimait l'épuisement, alors sans attendre de réponse vous avez mis vos doigts sur mes paupières pour que je ferme les yeux. Puis vous avez pris mon crâne tout entier dans vos mains. Vous avez très délicatement touché mon cuir chevelu et manipulé tout doucement sa surface comme pour déplacer des idées dans ma tête ou pour faire ressurgir mes émotions et mes rêves enfouis. Vous avez ensuite posé vos phalanges sur ma nuque et je n'ai pas sursauté comme je le fais à chaque contact physique. Vous avez déplié vos doigts. Les paumes de vos mains à plat contre ma peau étaient chaleureuses et ouvertes pour m'exprimer que je ne risquais rien. Elles se sont inscrites sur la courbe de mon cou comme si elles y étaient attendues et que leur place était là. Puis vous les avez descendues le long de mes épaules sur la matière fragile de la tenue que j'avais enfilée et qui prenait tout son sens ; ce n'était pas une barrière entre nous, c'était un lien. Vous avez immobilisé votre corps entier et m'avez entraînée à fixer ma respiration sur la vôtre. Nous ne pouvions respirer à contretemps, votre souffle me demandait d'inspirer avec vous, que je sois avec vous. Et dans ce duo d'exhalations, soudain je n'ai plus été seule et mes yeux ont laissé couler des larmes. Ce n'était ni du chagrin, ni même une émotion, je libérais simplement de la vie. Je me remettais en marche. Je pense être tombée dans un état proche du sommeil tandis que vous manipuliez mon corps.

Ça a duré très longtemps et puis un rien à la fois. Ce qu'il fallait pour m'en aller si loin que je suis revenue à moi, une renaissance sans doute : chargée d'histoires qui me dépassent et neuve pourtant.

Vous êtes parti tel un fantôme sans que j'aie eu le temps de vous rendre même un sourire. Quand vous m'avez laissée seule dans la pièce, je me sentais rassasiée et honteuse à la fois, comme doivent l'être les femmes infidèles. Je me suis rhabillée, j'ai réglé Kyoko. Derrière elle, j'ai vu punaisée sur le papier peint parme sa photo de mariage sur le pont Alexandre-III et j'ai été ravie que vous ne soyez pas dans le smoking de son mari. Cette pointe de jalousie m'a surprise. Je suis sortie sans vous croiser, saisie par le froid qui contrastait avec la chaleur dont vos mains avaient enveloppé mon corps. Je n'ai pas pu dîner, ni réfléchir. Je me suis couchée presque entièrement habillée. Seule. Comme chaque nuit. Mais avec l'empreinte du souvenir de vos poignes douces. Le lendemain je me suis réveillée décoiffée, mes cheveux ondulés par la transpiration. Je pense avoir fait des rêves érotiques. Mes joues étaient roses. Ma bouche mobile, enflée et mes lèvres gercées d'avoir été mordues. Je me suis levée avec le besoin de sentir couler l'eau de la douche longtemps sur ma peau. J'ai honte de le dire mais ces dernières années, j'attendais de sentir pour me laver. Grâce à vous, mon corps s'est en quelque sorte remis à vivre. Il est devenu plus chaud, mon sang circule plus vite, je sens des fourmis dans le bout de mes doigts, telle une résurrection. Au collège Paul-Éluard de Roubaix où j'ai enseigné vingt ans, mes élèves disaient que je leur donnais froid. C'est ma fille qui m'a répété cela après une dispute. Marine cachait que j'étais sa mère et les enfants se moquaient de moi devant elle. Nous ne portions pas le même nom de famille. C'est tout ce que son père lui avait laissé, avec le noir de ses yeux.

Marine n'invitait jamais personne à la maison. Je n'ai pas pu lui faire de goûter d'anniversaire après le CM2. Il fallait qu'elle cache qu'elle était la fille Cendres. Qu'elle se débarrasse du feu éteint qui décrivait notre famille.

« Mais que disent-ils de moi ? Tu peux me le dire ! Je suis certaine que ça me fera rire. C'est bien normal de rire de ses professeurs.

— Ils disent que tu leur donnes froid. »

Je n'ai jamais compris s'ils pensaient que je n'étais pas chaleureuse, s'ils voyaient mon inconfort ou si je leur faisais peur. Ça m'a rendue encore plus triste. J'étais à leurs yeux une femme novembre, sans les lumières de Noël, les résolutions joyeuses de janvier ni les dernières clartés d'octobre. Je donnais froid. Dans les couloirs du collège, je sentais bien qu'on ricanait après mon passage. C'était sans doute normal, les élèves se sont toujours moqués de leurs professeurs, n'est-ce pas ? J'aurais voulu être une source d'inspiration pourtant, leur lancer les bouées de sauvetage qui les sortiraient de la tourmente de l'adolescence, leur offrir des poèmes comme amis, souligner chaque ligne des œuvres qui les aideraient à traverser la vie. Et puis je pensais, j'ai raté la mienne, quels conseils pourrais-je bien leur donner ? Alors je baissais la tête, je subissais les brimades.

Je n'ai pas tout de suite pensé à vous revoir. Cet épisode inattendu de ma vie sans remous pouvait en nourrir l'imaginaire sans qu'il soit nécessaire de prolonger la réalité. Je l'aurais sûrement caché avec mes souvenirs gênants. J'ai été à l'école chez les sœurs et ce qui relève du corps est une chose secondaire ou embarrassante. Et puis la vie m'a toujours déçue. Les seconds rendez-vous sont rarement à mon avantage.

Pourtant, je suis revenue.

Le salon de thé est dans le quartier de ma fille. Elle vit dans une de ces rues chics qui donnent sur le Champ-de-Mars. C'est à une dizaine de minutes à pied de la station La Tour-Maubourg, sur la ligne 8 que je prends pour rentrer chez moi.

Le samedi suivant notre première rencontre ; veuillez m'excuser d'écrire cela mais à mes yeux, il s'agissait d'une rencontre plus que d'un massage et j'espère ne pas être outrancière en l'exprimant ainsi, ce samedi-là, Marine m'avait invitée à déjeuner chez elle, son mari avait convié ses parents. Je suis toujours très gênée de faire partie de ces réunions de famille, je sens que je n'y ai pas ma place et qu'on me pose des questions par politesse. C'est pourquoi je ne réponds jamais rien d'intéressant. J'ai des choses à dire. Si quelqu'un m'accordait de l'intérêt, je voudrais le surprendre. Je connais la vie grâce à la littérature et des phrases entières de roman par cœur. J'ai parlé devant des classes d'élèves que j'ai réussi à intéresser à *Cyrano de Bergerac* ou à *La Princesse de Clèves*. J'aimerais un jour vous dire mon amour pour les personnages de tous ces grands livres qui ont été les compagnons de mon existence. Mais personne ne me parle de littérature. On me demande si je me plais à Paris. Je trouve cette formulation étrange et intéressante. Je ne me plais nulle part. J'ai commencé à me plaire dans le miroir des petites toilettes près de la salle de massage devant lequel je rattachais la médaille de la Vierge à mon cou. Mon visage après vous me plaît.

Les parents du mari de ma fille sont plus vieux que moi, pourtant ils ont une peau qu'on dirait faite d'une cire luisante, je pense qu'ils se font injecter du botox. Ils n'osent jamais sourire en entier. Lui a le corps sec. Il n'aime pas manger. Il ne boit pas. Il lit l'actualité avec soin et impose son avis sur tout. Benoît Lavilaine a hérité d'une usine d'acier en banlieue parisienne dans laquelle il semblerait que son corps ait été fabriqué, son regard a d'ailleurs cette nuance de bleu foncé que le métal acquiert par trempe. Il m'a jugée très vite, pense que je suis une « plouc » et qu'il perd son temps avec moi mais la bienséance lui fait respecter l'usage ; alors il sourit, il est poli et courtois. Sa femme Catherine est une jolie dame qui lutte pour ne pas être potelée. Ses attaches sont épaisses, les pores de sa peau aussi.

Elle est issue d'un milieu de petits-bourgeois de province, épouser Benoît Lavilaine a été la promotion de sa vie. Catherine refuse qu'on l'appelle Cathy, se sent complètement parisienne et porte des tailleurs chaque jour de la semaine. Je sens bien que malgré la grande beauté de Marine et ses études brillantes, Catherine aurait espéré « mieux » pour son fils, sans doute une fille de bonne famille comme la fiancée qui l'avait précédée. Marine passe encore mais moi je suis une sorte de boulet. Et puis je suis très jeune, et je vois bien que ça la dérange, nous n'avons rien en commun. Je ne me suis pas mêlée des préparatifs du mariage, j'ai déjà eu du mal à offrir une robe à ma fille et aucune de mes suggestions ne trouvait grâce à leurs yeux. Lors des réunions de famille, je me surprends à penser que si vous étiez là, nous nous amuserions ; d'un regard nous nous comprendrions et nos yeux joueraient entre eux. Sans vous, je me sens comme une intruse, je m'assieds sur les bords des fauteuils, jamais à ma place. Paris tout entier me donne cette impression mais chez ma fille, c'est pire. Je ne vivais qu'à deux heures de route d'ici mais c'est comme si j'avais pénétré un autre monde dans lequel j'ai le sentiment d'être entrée par effraction. Jusqu'à vous, j'étais terne comme les murs en crépi du salon de mon enfance mais soudain mes quelques rides ont pris un charme fou, et je me découvre. Vous m'avez rendu une vie intérieure peuplée d'êtres humains et non de héros de romans.

Ce déjeuner était joyeux, le mari de ma fille nous a annoncé qu'elle était enceinte. Elle se contentait de hocher la tête, souriante et de caresser son ventre.

Cela faisait déjà trois mois et je n'en savais rien. J'aurais souhaité qu'elle m'en parle avant les autres, que nous nous voyions toutes les deux. Ça me semblait étrange qu'elle ait construit cette forteresse avec son mari et que je sois maintenant dans le clan des « autres », nous ne sommes plus un tout. Ma fille chérie, ma Marine à couettes, ma toute petite fille m'a quittée. Je ne pense pas que ce soit ce qui m'a mise en colère en sortant de chez elle, cela venait d'ailleurs : à mon âge, j'allais être grand-mère et on me demandait de trouver cela normal. Le rythme de ma vie m'avait menée à l'absence de chair, de lumière, d'espoir. Je me comportais comme une vieille depuis tant d'années qu'on me voyait ainsi. Soudain une chose en moi refusait de l'admettre, dans un monde où certaines femmes de mon âge portent encore des enfants, la joie d'être bientôt grand-mère ne semblait pas vouloir arriver à moi. Et c'est sans doute mon subconscient cette fois qui, déguisé en hasard, m'a fait passer devant votre salon de thé après ce déjeuner et m'a menée à vous à nouveau. Dans un moment suspendu.

Ukiyo.

J'avais besoin d'une parenthèse qui ne s'inscrive pas dans le temps de mon existence.

« Oh madame Lenoil ! » s'est exclamée Kyoko, j'ai compris que j'avais volé malgré moi le patronyme d'une autre, une femme qui n'a jamais dû honorer son premier rendez-vous et m'avait laissé sa place. Mais n'est-ce pas toujours de cela qu'est faite la vie ? De masques que l'on emprunte et qui finissent par devenir notre visage, plus vrai que le véritable. Je lui ai quand même dit « Alice » pour être au moins un peu de moi. « Mon prénom c'est Alice. »

Et je suis devenue Alice Renoir.

Kyoko m'a servi un thé genmaicha. Il m'a fallu un temps pour m'habituer au goût du riz soufflé. Elle m'a fait comprendre que je devais attendre un peu que vous soyez disponible pour un shiatsu et m'a servi un dorayaki, je pensais que c'était deux crêpes superposées mais l'azuki au centre m'a surprise. C'était un goût de l'enfance de quelqu'un d'autre dans un pays lointain, vous m'offriez votre madeleine, vos couleurs, vos souvenirs. Le mélange entre le thé et le gâteau aux haricots rouges a eu un parfum de datte et je me suis rappelé soudain celles de l'épicier qui vivait au coin de la rue et nous en offrait avec des noix pour la nouvelle année. Elles venaient de son village de Tunisie et fondaient dans ma bouche comme cette pâte brune. Me revenait aussi le goût de la crème de marrons que je n'aimais pas plonger dans les petits-suisses mais que j'avalais à la cuillère pour que le sucre me sature et pique le fond de ma gorge. Toutes les enfances sucrées m'assaillaient. J'allais être grand-mère et je prenais conscience de cette atroce joie qui a été de trop, m'a rempli la bouche comme du sirop et j'ai eu peur et mal. J'ai été en colère. Écœurée à en vomir. Je me suis demandé où était passée ma vie que je n'avais pas osé commencer. J'avais encore le ticket pour un tour de manège qui tournait, tournait sans que j'aie pu monter ; et voilà que la nuit se mettait à tomber, que le carrousel ralentissait et que le parc se refermait sur moi.

Quand je suis arrivée à vous, j'étais pleine d'une rage sourde et honteuse.

Cette fois encore, vous avez penché le buste vers moi en joignant vos mains. J'ai appris depuis en lisant des ouvrages sur le shiatsu que cette salutation s'appelle « gasshô », qu'elle est un moyen de créer le lien avec le patient, pour faire chœur, comme des enfants qui chantent ensemble dans une église pour arriver à Dieu.

Il y a quelque chose de divin dans vos mains, dans les gestes que vous avez répétés, comme s'ils étaient ancestraux, que vous n'en étiez que le légataire et que vous transmettiez à mon corps le poids soulagé des corps passés et leur lumière pour me guérir.

Quelle est votre religion ?

Êtes-vous bouddhiste ? J'ai posé la question à Kyoko. Elle m'a dit respecter le shintoïsme dont je ne connaissais rien avant de faire des recherches et j'avoue ne pas bien comprendre de quoi il s'agit. Il me semble que c'est une religion animiste, comme celles que l'on trouve en Afrique, un culte qui vient du fond des temps, qui rythme la vie plus qu'il ne l'ordonne, une sorte de croyance douce mais qui rend la vie dure car il n'y a pas de promesse d'au-delà, pas de dessein de Dieu, juste une idée de l'âme et de ses rebonds dans le temps. L'éloge de ce qui a été et perdure de manière invisible, dans un monde abstrait qui survit grâce à ce qu'on laisse et qui nous attend pour nous perdre à jamais. C'est une religion d'écrivains mélancoliques en somme. Et cela vous va bien, j'ai pensé que vous deviez vous aussi prier comme Kyoko dans un silence bouleversant.

Vous avez senti mon énergie. Vous avez dit « pas bon ». Et vous avez secoué les mains vers le bas après m'avoir touchée comme pour vous débarrasser de toutes les mauvaises ondes que je véhiculais. Alors vos mains ont commencé leur danse sur mon crâne à nouveau. Ça faisait mal. Ça faisait du bien. Une sorte de délice masochiste. Mon corps entier se relâchait, mes cuisses s'écartaient, je m'écrasais dans le sol qui m'aspirait. Je me suis endormie comme une enfant, les muscles relâchés sans pudeur. Et j'ose le dire aujourd'hui, j'avais envie de vous quand j'ai basculé dans le sommeil. Envie que vous entriez en moi, et que vous n'en sortiez pas. Envie que vous me preniez comme une forteresse, je me sentais assiégée et prête à rendre les armes, à me soumettre à votre puissance.

Quand je me suis réveillée, vous n'étiez plus là. Je crois que j'ai ronflé. Je me suis habillée à la hâte. En sortant, je suis allée au bistrot du coin pour manger un steak au poivre malgré le sucre du gâteau toujours collé à mon palais. L'appétit était revenu aussi. La vie en somme. Je ne peux pas dire que j'étais blessée, mais anesthésiée sans doute, hermétique aux chaos de l'amour, étrangère au désir, loin. Comme si cette chose ni salie ni sublimée n'était juste plus capable de m'atteindre. Une autre en moi avait décidé que je devais m'y soustraire. Je pense que je sais quand le glissement s'est opéré ; juste après qu'un homme dont j'étais tombée follement amoureuse et qui m'aimait en retour avait réalisé que malgré la joie qu'il avait de passer du temps avec moi et la vivacité d'esprit qu'il me trouvait, il n'avait pas envie de m'embrasser à pleine bouche. Il me faisait l'amour de temps en temps certes, mais les yeux révulsés, sûrement concentré sur l'image d'une autre femme. Alors j'ai eu trop de peine. Je suis partie. Je le comprenais presque, j'avais mon corps en dégoût ; des seins trop lourds, relâchés, des hanches généreuses, des attaches fines et un visage maigre comme s'il était planté sur un tronc qui portait trop de poids, trop de souvenirs. Mais vous connaissez ses contours mieux que moi. Sous vos mains, je me suis presque mise à l'aimer et j'ai minci au fil du temps alors que je mangeais bien plus. Sans doute parce que j'ai senti s'animer cette boîte qui protège mon cœur que vous m'avez donné envie d'entendre battre à nouveau. J'ai moins eu l'impression de vivre ma vie que d'avoir été vécue par elle. Pour le temps qu'il me reste, je voudrais être la main qui guide le pantin usé au bois qui craque que je suis, qui continue de grandir et se met à espérer qu'il peut s'enfuir. Il faudrait que vous sachiez tout de moi, pour vous écouter à mon tour, puis que nous nous aimions en silence comme nous le faisons depuis le commencement. Avec vous, tout m'est revenu. En taisant mon corps, mes sensations, pores fermés, nourriture sans jouissance, nuits sans amour, j'ai tu une partie de mes souvenirs, sans doute pour oublier. Aujourd'hui je veux m'en délester à travers ces lignes et courir, jusqu'à Miyazaki. Je me souviens qu'enfant je regardais les oiseaux voler et je me demandais si le vent les empruntait comme des feuilles mortes pour séduire le ciel ou si c'est eux qui jouaient avec lui.

    Ce jour-là, je vous ai guetté sous l'Abribus pour vous suivre chez vous. J'ai honte de vous l'avouer. J'avais envie de savoir où vous viviez, si vous retrouviez une femme ou des enfants. Si vous dîniez seul. Si vous souriiez en parlant sur votre téléphone portable. Si vous chantonniez. S'il y avait de la place pour moi dans votre vie. Je ne me suis rien avoué de tout cela, je me disais que vous étiez le personnage de ce fameux roman que je rêvais d'écrire, que ce qui m'attirait était un mystère qui opérerait sur des lecteurs puisqu'il opérait sur moi. Il neigeait. Les flocons ne tenaient pas et se transformaient en une sorte de boue noire. J'avais froid, j'aurais dû rentrer mille fois mais au bout d'un moment l'effort accompli était trop grand pour abandonner, je me suis dit que je n'avais pas attendu tout ce temps pour rien. Alors, malgré mes membres congelés je suis restée jusqu'à ce que la nuit tombe et que, quelques heures après, vous aidiez Kyoko avec le rideau de fer. Je me suis sentie ridicule, je vous observais de loin, que vous aurais-je dit si vous aviez croisé mon regard ? Un klaxon a retenti, Kyoko s'est tournée, c'était son mari dans une vieille Peugeot verte. Il ne portait pas le smoking de la photo mais j'ai reconnu son sourire immense. Vous êtes montés tous les deux et il a démarré. Je suis restée seule comme une idiote, les pieds mouillés sous cet Abribus glacial. J'ai pris un taxi. J'ai attrapé une grippe qui m'a clouée au lit presque un mois.

Il y a dans vos yeux, que j'ai osé croiser lors de notre troisième rencontre, une mélancolie douce et immuable. Cette fois j'avais pris rendez-vous. J'avais dit « Alice » au téléphone et Kyoko avait répondu « Oh madame Lenoil, biensu ». Il restait de la place en fin de matinée. L'année s'achevait, il neigeait encore mais cette fois une couche blanche donnait un charme de conte de fées à Paris tout entière constellée des lumières des fêtes qui approchaient. J'avais mis un mois à admettre que je voulais vous revoir, qu'il ne s'agissait pas simplement d'un massage. On peut sentir qui sont les gens qui nous touchent physiquement, leurs émotions. Il y a dans la peau les traces de ce qu'on est, il se dégage de notre chair comme un effluve de notre cruauté ou au contraire comme chez vous, de bonté. À la fin de nos massages, l'odeur de votre peau sur la mienne était un pansement, et complétait mon parfum pour en créer un autre : nous. Je vous connais comme si nous avions parlé longtemps. J'ose le penser. Je sais aussi que vous n'avez pas été heureux ; seul un être brisé peut en réparer un autre. On ne comprend la douleur que si on l'a fréquentée.

Je suis cette femme au manteau long qui a attendu avec vous l'arrivée de Kyoko ce matin de décembre. Le métro était bloqué à cause des intempéries, Kyoko seule avait la clé et nous nous sommes retrouvés à la porte du salon de thé. Vous portiez une sorte de costume un peu souple qui s'attachait à la fois à l'intérieur et à l'extérieur ai-je pu constater quand au bout d'un moment vous avez suggéré le café d'à côté de la tête. Je vous ai suivi. Vous avez commandé. Vous portiez plusieurs pulls fins les uns sur les autres, vous sembliez être en pyjama, ça m'a émue.

« Café, s'il vous plaît. »

Vous avez fait signe qu'il en fallait deux avec les doigts bien écartés. À peine les avions-nous bus, gênés de ne pouvoir rien prononcer et d'en dire beaucoup trop par nos silences embarrassés, que Kyoko est arrivée en courant avec son sourire d'enfant qui penchait vers le bas. Comme un smiley triste et heureux à la fois. Nous l'avons suivie. Vous m'avez laissée un long moment seule avant d'entrer dans la pièce pour que j'oublie même que vous viviez une vie en dehors de ce lieu, que je ne vous visualise plus que comme un masseur, que j'oublie vos traits en sortant. Ça n'a pas marché. Pour la première fois, j'avais vu les détails de votre visage. Une bouche large. Un nez fin et allongé aux ailes symétriques. Il y a une petite cicatrice sous votre œil droit, elle a la forme d'une larme. Vous n'ouvrez que peu la bouche, vous dissimulez votre sourire ; au début j'ai cru que vos dents qui se chevauchent un peu vous gênaient. Mais comme Kyoko couvre toujours gracieusement son rire avec sa main, je me demande si ce n'est pas une forme de politesse japonaise.

Oui, je suis Alice, la Alice du café, dont vous avez frôlé les doigts lorsque nous avons voulu nous saisir d'un morceau de sucre au même moment.

Dans le salon vous touchiez mon corps et c'était normal et autorisé, mais dans ce café cela devenait tabou. Alors, quand nos deux mains se sont effleurées dans ce sucrier, j'ai été troublée.

Je suis cette femme-là, savez-vous qui je suis ?

J'ai peur d'avoir tout imaginé, de n'être pour vous qu'une personne parmi d'autres.

Je vous écris toutes ces émotions, cette intimité.

Ne suis-je pas ridicule ?

Dois-je poster cette lettre ?

Je ne sais si vous devez la lire mais je n'ai d'autre choix que de l'écrire. Sinon, je vais m'étouffer de tous ces mots retenus.

J'espère que vous me lirez d'une traite, pourtant il me faut du temps pour l'écrire, cela fait des nuits qu'elle dure et qu'elle m'engloutit pour exister. Quand je suis trop émue, je pose mon stylo.

Après cette troisième rencontre, j'ai cherché sur Internet : « leçons de japonais ». J'ai atterri dans une petite rue du onzième arrondissement, on pousse une porte qui mène à un passage dans lequel il y a plusieurs ateliers d'artistes. Mon professeur en partage un avec une oiselière. Son nom est Simone, elle dresse des oiseaux pour leurs propriétaires et vend également des perles rares. Elle est spécialisée en « inséparables », cette espèce d'oiseau qui cherche son âme sœur et ne la quitte plus jamais une fois qu'il l'a trouvée.

C'est donc au milieu de piaillements plus ou moins charmants que j'ai appris à parler la langue qui nous relie. Mon professeur de japonais s'appelle Roger, c'est un prénom étrange pour un jeune homme de vingt ans né à Osaka mais son père était amoureux de Brigitte Bardot et francophile, il a hérité du prénom de Roger Vadim, le premier mari de l'actrice, et d'une parfaite maîtrise de la langue après être lui aussi tombé amoureux de ce cul en découvrant *Le Mépris* un soir avant l'adolescence. Roger Tanaka a un visage rond comme les gâteaux que me donne Kyoko dans votre salon. Sa peau ne souffre d'aucun défaut. Il a de grosses lunettes carrées qui habillent ses petits yeux rieurs. J'ai l'impression qu'il sait tout et qu'il a compris exactement ce que je faisais là. Je travaille dur pour vous parler mais aussi pour lui montrer que je ne suis pas un oiseau volage et inconséquent. Il m'a dit que parmi les adultes, j'étais sans doute son élève la plus appliquée. Il y a un enfant qui apprend bien plus vite que moi, une petite peste à couettes qui a commencé les cours en même temps mais lui parle déjà en faisant des blagues tandis que j'ai du mal à prononcer les mots. Pauline. Je la déteste. Nous nous croisons les mercredis et elle est très méchante. Je lui ai apporté des goûters pour l'amadouer, elle les mange et une fois que tout est fini, elle plante ses yeux dans les miens et me dit :

« C'était pas bon. »

Roger Tanaka est à cheval sur la propreté. Quand on arrive, on doit retirer ses chaussures, enfiler des sortes de chaussons de bois et se laver les mains avec soin. Roger ne m'a pas dit grand-chose sur Osaka, seulement que dans tout le pays les Japonais se rangent à gauche des escaliers roulants comme ils conduisent, pour laisser passer ceux qui veulent monter plus vite, c'est très organisé. Osaka est la seule exception, on se tient à droite des escaliers roulants « comme en France ! », m'a-t-il dit fièrement comme si cela expliquait tout son parcours et son arrivée à Paris.

« La plupart des samouraïs étaient droitiers et portaient donc leur sabre à gauche. C'était la même chose avec les chevaliers en Angleterre, voilà pourquoi c'est resté.

— Et personne ne portait l'épée en France ni à Osaka ?

— Si, a-t-il répondu se pâmant de son effet, mais la France a passé "l'arme à droite" quand Napoléon a changé la loi pour emmerder les Anglais. » Et il riait mi-gêné mi-fier d'employer un gros mot et de ses petits effets. On sentait qu'il adorait ressortir cette anecdote.

« Quant à nous à Osaka, nous étions une ville de marchands et non de guerriers et si les sabres se portaient à gauche, les bourses, elles, se portaient à droite. »

Roger Tanaka aime à dire que l'Histoire a de l'humour. Je ne partage pas son avis mais je ne tiens pas à me fâcher avec lui. Tout au long de cette année de leçons, Roger Tanaka m'a appris bien plus que la langue du pays. Il m'a invitée à déjeuner dans un restaurant traditionnel pour fêter ma cinquantième leçon. Je ne sais pas grand-chose de lui, je pense qu'il est homosexuel. Je ne suis pas certaine qu'il soit au courant ou qu'il ait encore osé se l'avouer. Roger parle d'amour galant, celui qu'il a lu dans les romans. Quand je lui demande s'il a déjà aimé ou été aimé, il cache son rire gêné comme s'il était adolescent et répond « oh non l'amour n'est pas pour Roger » sans paraître attristé. Nous avons dégusté la grande cuisine impériale et traditionnelle Kaiseki et bu beaucoup de saké. Nous sommes sortis ivres et avons chanté des chansons françaises dans les rues. Roger écoutait Claude François avec son père.

Je ne sais pas si vous le connaissez mais c'est une de nos idoles, il est mort jeune. Peu de gens savent que *My Way* est née française et s'appelait *Comme d'habitude*. Si nous nous revoyons un jour, je vous la ferai écouter. Ma préférée s'appelle *Magnolias for ever* et quand il chante

Dites-lui que je pense à elle / Quand on me parle de magnolias / Quand j'entends ces musiques nouvelles / Qui résonnent comme des bruits de combats…
alors les larmes me montent aux yeux. J'ai toujours eu un rapport très intime avec la musique, je ne la considère pas comme une distraction ou un simple bruit de fond, elle m'affecte en profondeur. Roger et moi nous avons bien ri et pleuré en chantant les vies que nous ne vivions pas dans les rues de Paris la nuit.

Roger m'a montré une autre forme de musique et m'a fait découvrir les haïkus. J'en avais bien sûr lu mais je ne pense pas avoir compris cette forme poétique avant d'avoir pu les lire en japonais.

Roger m'a dit que toutes les histoires, tous les moments pouvaient exister en ces trois phrases suspendues.

« Essayez, madame Alice. »
Je fais tourner mon stylo entre mes doigts.
« Qui vous a poussée à apprendre le japonais ? »
Alors j'écris :

> *Le bruit de la pluie*
> *Mes pas qui rient aussi*
> *Réveiller le destin.*

Mon jeune professeur hoche la tête et nous passons à autre chose. Sa pudeur m'enveloppe d'apaisement. Sur les recommandations de Roger Tanaka, je me suis procuré des ouvrages de littérature japonaise. En dehors de Murakami, je ne connaissais quasiment rien.

Le lendemain de notre soir de fête, j'ai ouvert *Le Dit du Genji*, ce chef-d'œuvre de Murasaki Shikibu, comme un cadeau dont on défait doucement le papier. J'ai appris quelques jours après cette lecture délicieuse que Murasaki Shikibu était une femme. Pourtant cette tornade sensuelle a été écrite vers 1005 et le personnage principal est un prince qui possède mille maîtresses. Comme votre culture me surprend par son mélange d'archaïsme et d'ouverture d'esprit ! Ces intrigues amoureuses et politiques à la cour de Heian sont le fruit de la manipulation des femmes qui œuvrent derrière les paravents comme des ombres de désir. Je n'ai pu m'arrêter après cela et j'ai lu Kenzaburô Ôé… Et *Les Belles Endormies* de Kawabata, j'ai pensé que ces jeunes geishas endormies dans un bordel pour que les vieillards les admirent comme on regarde sa jeunesse perdue me parlaient de ma vie, du temps que j'ai laissé filer, en le sachant oui mais ne pouvant m'offrir mieux de peur de souffrir. J'ai lu les damnations répétées dans chaque œuvre de Mishima, l'*Éloge de l'ombre* de Tanizaki et l'art de ne pas tout montrer, Natsume Sôseki également. Pour chaque œuvre j'avais la version japonaise et l'adaptation. J'ai tenté de tout lire en japonais mais c'était encore trop compliqué. Surtout parce que le rythme, les sentiments, les idées ; tout ce que j'ai appris dans les lettres françaises diffère en tout point. Quand les écrits qui ont bâti votre littérature basculent entre l'esthétisme et la perversité, les nôtres sont faits d'amours impossibles et de damnation. J'ai ainsi compris que j'étais étrangère à votre culture, que tout nous séparait sauf notre humanité et vos mains qui ont sauvé ma peau.

33

En japonais, tout est d'une mélancolie qui rend la mort douce. L'éphémère est ce qui semble créer la plus grande des émotions. On jouit de la finitude en chaque chose. Cela m'apprend tant sur moi-même de savoir ce que je ne suis pas. Je ne cesse de lire votre pays dans le métro et je rêve de nous entre les pages.

Jeudi 19 janvier, j'ai raté ma station car j'étais perdue au milieu des *Notes de chevet* de Sei Shônagon dans les splendeurs délicates de la civilisation de Heian loin de Lamarck-Caulaincourt où les gens se précipitaient en grappes, les chaussures pleines d'une neige fondue qui avait transformé le sol des trottoirs en gadoue. Je l'ai noté dans mon carnet. J'ai dû traverser les couloirs à nouveau pour changer de direction. Je me suis résolue à lever la tête pour ne pas arriver au terminus. Je regardais un homme buriné assis en face de moi et j'ai pensé qu'il était beau. Puis je me suis dit que si ces rides-là étaient apparues chez une femme, on aurait jugé son visage « intéressant » sans lui prêter de pouvoir de séduction. Les peaux des femmes vieillissent objectivement mieux mais les romans, les films, les représentations artistiques ont toujours désigné les femmes qui inspiraient du désir comme jeunes, marquées de naïveté, presque de bêtise. Les hommes qui ont construit ces mythes se sont offert le beau rôle depuis des années et nient mon désir, ma sexualité, ma féminité qui pourraient se prolonger. Jusqu'ici, j'ai accepté le poids de ce qu'on m'avait appris et accepté que j'allais m'éteindre et que je devais laisser ma place aux nouvelles venues avec leurs seins fermes et leurs ovules frais. Pardon de parler comme cela, mais ça m'est apparu avec violence. J'ai été en colère contre moi-même et je m'en suis voulu de ne pas m'être laissé le droit du désir. C'est très dur pour moi d'écrire cela et j'en ai honte mais j'ai croisé un jour un de vos regards qui s'attardait sur les courbes de mon corps. Je n'ai pas osé descendre mes yeux jusqu'à votre pantalon mais nous sommes des animaux, et nous savons ces choses-là. N'ayez pas honte ou ne vous sentez pas agressé par ce que je vous dis ni toutes ces fois où je vous ai observé, s'il vous plaît. Prenez-le plutôt comme ma capacité à vous regarder tout entier, tel que vous êtes.

Pour que vous me compreniez, il faut que vous me connaissiez mieux. Je vais vous raconter des morceaux de ma vie afin que vous sachiez qui je suis et que vous puissiez m'accueillir sans mensonge ou que vous fermiez la porte à jamais. Je ne vais rien vous épargner de la vérité ni de mes parts d'étrangeté, ainsi nous saurons si nous pouvons espérer les faire cohabiter avec les vôtres. De mon enfance, je me rappelle l'ennui mais pas vraiment sa durée dans le temps. Dieu sait qu'il y avait de longues journées vides. Je n'ai pas grandi dans une famille qui prenait des vacances ; nous avions des étés qui n'en finissaient pas. Même dans le Nord, il faisait chaud. Parfois mon grand-père nous emmenait à la plage pour la journée avec mon cousin et son chien, les trajets me paraissaient une éternité, tout était long et semblable comme ces plages sans fin de Wissant, entre le cap Blanc-Nez et le cap Gris-Nez. Par beau temps on pouvait voir les côtes anglaises et cela rendait le paysage plus grand encore, il y avait comme des dessins qui m'effrayaient dans le sable chaud. L'eau était glaciale, le contraste saisissant. Je préférais encore l'ennui à toutes ces sensations : dans ma chambre au moins je pouvais vivre dans un livre emprunté à la bibliothèque. Ce paysage que je connaissais si bien je l'ai aimé décrit par Victor Hugo, ce sont ces mots qui m'ont permis d'en comprendre la beauté, bien plus tard. Le grand-père nous donnait un peu d'argent, il partait pour « vaquer à ses affaires » et revenait nous chercher avec la nuit quand il sentait l'alcool et le parfum pour dames. Il est mort sur cette route un jour où nous n'étions pas dans la voiture pour le garder éveillé. Mon père aimait raconter que le radiocassette était resté bloqué sur *Voyage, voyage* une chanson à la mode dans les années quatre-vingt, mon père répétait à l'envi « il a voulu voyager, il ne pouvait pas aller plus loin », et il semblait trouver ça drôle.

Pardonnez le désordre dans lequel je me raconte, je n'ai pas la sensation que nous sommes le fruit d'une ligne droite plutôt attachés à une multitude de fils comme des pantins qui gesticulent. Je ne sais pas à quoi ressemble ma marionnette, sûrement pas à celle d'une princesse ; pourtant mon cœur est pur, je crois. Comment me raconter à vous alors que je me suis tellement tue, que je ne me suis pas avoué mes désirs ? Par où commencer ?

Je fais partie des gens qui ont peur. Quand je rentre dans une pièce, je ne suis pas à l'aise. Je ne suis pas jalouse de ceux qui évoluent dans le monde comme dans un domaine à leurs dimensions mais je voudrais tant en connaître la sensation. Je suis maladroite, je me cogne, je fais tomber ce que j'ai dans les mains. Mes cheveux font des boucles désordonnées, je les coiffe en chignon. On me pense austère mais je suis brouillon. Si je me montre telle que je suis, les gens verront sans doute que je suis une enfant perdue.

Lorsque j'y pense, je me dis que tout s'est arrêté pour moi l'hiver de mes huit ans, que je suis restée bloquée ce jour-là, le jour de la fin de l'innocence, dans ma chemise de nuit de coton qui ne me tenait pas assez chaud. Je le sais. Mais je refuse d'y penser. Cela voudrait dire mourir. Mourir, oui.

> *Et la neige qui tombe*
> *Le silence lent des gestes*
> *L'enfance chiffon.*

Alors je vous le dis ainsi, mais je ne vous le raconte pas. À Cambrai, la tristesse était dans mon quartier. Elle appartenait à ses habitants comme les arbres maigres, les Abribus sales ou la couleur du ciel qui tirait rarement vers le bleu. Quand on parle de Cambrai, les gens pensent aux bêtises et cela devient charmant. Connaissez-vous les bêtises de Cambrai ? Ces bonbons sont nés d'une étourderie d'Émile, un mitron. Alors qu'il cuisinait des bonbons à la menthe, il a mal dosé le sucre et la menthe et dans la panique a insufflé de l'air dans la pâte. En regardant le résultat, le confiseur s'est exclamé :

« Regardez-moi ces bêtises ! »

Ma fille adorait que je lui raconte cette histoire quand elle était enfant. Cela rassure de savoir que les bêtises peuvent avoir un goût merveilleux et même devenir une recette, la règle, une institution ! Comme notre rencontre, il a fallu tant d'erreurs d'aiguillage de la logique pour accomplir notre destin. J'aimerais vous offrir une boîte de bêtises si vous m'invitiez à vous rendre visite.

Cambrai a son charme : sur la place Aristide-Briand, il y a de jolies maisons qu'on croirait faites de pain d'épice. Mon grand-père m'a expliqué que la place, dévastée pendant la Première Guerre mondiale, a été reconstruite et qu'on en a alors corrigé les contours irréguliers. Je me suis dit à l'époque que de chaque drame il peut sortir quelque chose de bon et avec mes instincts d'enfant j'ai su qu'un jour moi aussi, quelqu'un me reconstruirait. Ou du moins je me suis mise à l'espérer et cela a suffi à me faire vivre. Vous voyez, des bêtises de Cambrai à la place Aristide-Briand, toutes les images de mon enfance m'indiquaient que la vie la plus sombre pouvait s'illuminer ou prendre le charme de son ombre. Depuis, rien n'a changé. Même les visages semblent intacts en ma ville du Nord. Dans la préface de *Notre-Dame de Paris*, Hugo fait le lien entre le langage et l'architecture. Ces grandes villes prises d'assaut, reconstruites, tailladées, en mouvement perpétuel, autorisent la transformation de la langue et sa vitalité, mot adapté car la mutation de la langue mène aussi à sa mort. Pour moi, professeur de français du Nord, figée dans une façon de parler immuable, Paris fait trop de bruit. Apprendre le japonais me permet de ralentir ma vie et de ne pas me sentir bousculée vers le précipice où me mène chaque couloir de métro, chaque ruelle, chaque remous de Paris. J'admire que votre île résiste à cette maladie de la mondialisation, que vous gardiez vos traditions, vos différences. J'ai appris par Roger Tanaka que vous aviez des fruits géants sur le marché, que les élèves et les professeurs faisaient eux-mêmes le ménage dans les écoles, que les sièges de vos toilettes sont chauffants, et ceux des trains pivotent complètement afin de pouvoir rester dans le sens de la marche. Il paraît aussi que les Japonais ne s'embrassent pas en public, ne se tiennent pas la main. Pourtant dans mes rêves nous sommes allés dîner plusieurs fois et vous m'ouvriez la porte et me laissiez passer en me caressant discrètement le dos… Ensuite, nous allions danser ; toujours dans la même salle de bal en bois, sans fenêtres. Je ne sais pas bien dans quelle ville nous sommes, dans quel pays.

Si vous venez dans le monde de mon enfance, vous trouverez inchangé le 8 de la Grande Rue Verte. Nous vivions dans une petite maison dont mon père avait hérité, divisée en deux appartements et nous occupions celui du bas. Les voisins du dessus passaient par notre porte pour entrer et accéder à l'escalier. Lorsque nous dînions, nous baissions d'un ton quand nous entendions la porte s'ouvrir. Nous savions selon le rythme et le poids qui pesait à qui appartenait le corps qui rentrait. À certaines heures, c'était Mme Yves qui titubait et j'aurais juré pouvoir sentir son haleine avinée jusque dans mon lit. Je me cachais alors sous les draps et j'attendais les cris de son mari pour m'assurer qu'elle était bien arrivée en haut et qu'elle ne risquait pas de pénétrer dans ma chambre. Mme Yves était gentille mais même sa bienveillance me faisait peur, ses yeux globuleux cachaient une immense réserve de larmes prêtes à couler. Le chagrin des autres m'a toujours paru dégoûtant et je ne sais qu'en faire. Je console en offrant le miroir de ma propre peine en silence. Ils avaient deux enfants. Leur fille Marilyn, dont le véritable prénom était Josie, aussi charnue que sa mère était sèche, avait un décolleté qui débordait de sa robe. Elle laissait mon père la tripoter. À plusieurs reprises, je l'ai vu prendre un sein, le sortir de son décolleté et le masser sans délicatesse, comme un enfant malaxe de la pâte à modeler. Je ne sais pas lequel des deux cela satisfaisait, ni quel était leur arrangement, mais ils répétaient leur manège comme un rituel. Jamais je ne les ai vus échanger un baiser ni un regard passionné, juste un pelotage profond de nichon. Leur fils était plus grand, il était à l'armée. Et je pense en avoir été amoureuse. Les soirs de permission, quand je l'entendais entrer, je ne pouvais pas m'endormir. Je guettais sa voix au-dessus de ma chambre. Et j'allais me servir des verres d'eau dans l'espoir qu'il descende au même moment dans son uniforme cintré. Il fumait à la fenêtre et me faisait un vague salut quand nos yeux se croisaient. C'était tout, et cela me suffisait à penser à lui pendant des semaines. Dans mon journal intime, je l'appelais le soldat et je dessinais des cœurs près des mots qui l'évoquaient.

Mes parents croulaient sous les dettes et quand ils sont morts l'un après l'autre à une année d'intervalle, je n'ai pas hérité de la maison, et ça m'a soulagée. Pourquoi avais-je l'impression que la rue derrière la nôtre était si joyeuse ? Que nous vivions dans une sorte de triangle diabolique qui ne pouvait donner naissance à des vies heureuses ? Avec mes amies du lycée, nous appelions cela « Les Bermudes ». Je rentrais chaque soir dans une zone de danger, un lieu où les destins étaient aspirés et anéantis.

Unmei. Voilà pourquoi je ne pensais pas qu'il puisse exister dans ma vie une autre que la mienne. Un visage inattendu. Une culture différente. Une autre couleur de brique, de nuages et de terre. Je ne venais pas du monde de l'abstraction. Pour qu'une chose existe, il fallait pouvoir la toucher. On ne pensait pas aux absents, on aimait les gens qui passaient à la télévision mais on ne comprenait pas les héros des livres ni que ces gens qui n'étaient pas réels puissent me faire pleurer. Quelle drôle de fille j'étais à leurs yeux !

Papa s'appelait Bernard, il était bûcheron et analphabète. À l'époque, on les appelait les « bûcherons-tâcherons » car ils étaient payés à la tâche par les scieries ou les entreprises d'exploitation forestière. Mon père prenait ses outils et partait en mission. C'étaient des moments heureux, j'entendais ma mère chanter, on passait à table un peu plus tard, sans que rien soit dit son absence prenait des airs de fête. Papa abattait des arbres et je lisais des livres. Sans doute avais-je besoin de donner un sens à sa vie qui n'en avait aucun. Il était le maillon d'une chaîne faible, l'ADN en mouvement d'une humanité inutile, et j'étais son enfant. Une fourmi qui trimballait du rien vers la suite. C'est ce que j'avais compris en lisant *Le Mythe de Sisyphe*. J'avais prévu de ne pas me fatiguer à rouler la pierre en haut de la montagne, je voulais tout arrêter avec moi, ne pas avoir de famille, mourir et laisser s'éteindre cette part d'humanité misérable que je charriais vers une continuité identique. Mais on ne décide pas de devenir un félin quand on est une fourmi et je suis tombée enceinte. Comme tout le monde. J'ai désiré un homme. J'étais encore une adolescente, il était comme la plupart des hommes : lâche. De cette beauté insolente qu'ont les types sûrs d'eux, qui savent faire passer les volutes de cigarette devant leurs yeux, qui n'ont peur de rien, ne baissent pas la garde.

Au bistrot à côté de la maison, il y avait un juke-box. C'est le seul endroit où je pouvais écouter des chansons. Comme j'aimais ça ! La musique s'emparait de mon corps mais je me retenais de danser. J'apprenais les paroles par cœur, je chantais tout en silence dans ma tête quand je rentrais à la maison et je dansais, dansais dans ma chambre en essayant de ne pas faire de bruit. Sur la pointe des pieds. Nous étions en 1987. INXS, *Need You Tonight*. Michael Jackson, *Bad*. Madonna, *Papa Don't Preach*. Et Jean-Jacques Goldman, *Elle a fait un bébé toute seule*...

Il est entré dans le bistrot sur George Michael, *I Want Your Sex*.

Les paroles de ces chansons me prévenaient de ce qui allait arriver mais tout ce que j'ai voulu quand j'ai croisé ses yeux, c'est lui, être à lui. Je croyais avoir compris l'amour en un instant, car il était forcément lié au désir. Comment eût-il pu en être autrement ?

J'ai volé de l'argent dans le portefeuille de maman et j'ai mis des bas résille et des nœuds dans mes cheveux. Au début, il ne faisait pas attention à moi ; ou tellement peu que ça devait être intentionnel. Je commandais des boissons alcoolisées, forçais mes gestes et mes rires. Tout était grossier. Mon exagération semblait augmenter ma transparence. Un soir, j'avais fait le mur une fois de plus mais je n'avais trouvé aucune copine pour m'accompagner, je suis entrée dans le bar, il embrassait une fille à pleine bouche. Je me suis assise pour boire un verre sans perdre ma contenance. La tristesse est montée, mon esprit est parti dans un pays chagrin, longtemps sans doute. Je ne l'ai pas vu venir et sa main sur mon épaule m'a fait sursauter.

« On est triste ce soir ? »

Je n'ai pas répondu. Il ne m'avait jamais parlé avant.

« Viens », il a dit.

Et je l'ai suivi. Il tenait le bout de ma main, comme un fil léger et je courais pour ne pas qu'il la lâche. J'avais du mal à marcher sur mes talons trop hauts dans mon déguisement de femme. Nous sommes allés chez lui. Il m'a déshabillée sans m'embrasser, comme on défait un colis envoyé par la poste pour savoir si c'est un cadeau ou une mauvaise nouvelle. C'était il y a si longtemps, pourtant je me souviens de tout. Je n'ose vous dire ce qu'il m'a demandé mais il a vite compris que je n'avais pas d'expérience. Il m'a expliqué.

« Comme ça. C'est bien. Non, pas si vite. »

Il riait parfois de ma maladresse.

« Je vais te faire progresser. Tu viendras ici et je vais t'apprendre. »

Et ça me flattait.

Je n'avais pas lu Beauvoir. La même année, Élisabeth Badinter écrivait *L'un est l'autre* dans une sphère civilisée, tandis qu'on m'apprenait à me soumettre tel du bétail dans une ferme. Comme pour toutes les adolescentes de ma génération, les choses n'avaient pas besoin d'être ordonnées pour que l'on y obéisse. Nous avions tous grandi dans l'idée de cette normalité. J'étais loin de m'imaginer que ce que je vivais était moche. Prête à prendre tout ce que cet homme me donnait, des coups de hanche, des coups de poing, des coups bas et tordus. Tout. Il ne me demandait jamais si j'aimais les gestes qu'il me prodiguait mais il me disait quand je lui faisais du bien et je devais m'en contenter. J'avais été élevée dans l'idée qu'une femme se devait d'effectuer certaines tâches, ce n'était pas exprimé mais dans cette culture du silence, j'entendais l'assujettissement de ma mère, son « devoir à accomplir ». J'avais seize ans.

Ce que je vous écris me rappelle des choses que je ne me suis jamais racontées. Qui me blessent. Parfois, je m'absente dans des pays pansements qui m'enveloppent de coton. Je quitte la réalité et tandis que je flotte, je ne sais à quelle vitesse passe le temps ni même s'il passe.

Après six mois de cours, Roger Tanaka, qui avait observé mes égarements, a imposé une minute de méditation avant le début de chaque leçon. Il ne m'a plus parlé qu'en japonais. Pendant cette minute, je devais me vider de ma substance, oublier ma langue, ne plus m'autoriser à penser en français. Si les mots me manquaient, il me demandait de penser en images puis d'en faire des dessins. Les leçons ressemblaient à un jeu de Pictionary et parfois j'apprenais un mot qui risquait juste d'être une trompe d'éléphant confondue avec une lance à incendie. Si je fais des erreurs, il ne faudra pas m'en vouloir. Je suis comme une petite fille qui apprend dans un livre d'images gribouillées. Je me demande comment était votre enfance au Japon. Quelle musique écoutiez-vous ? Est-ce que vous rembobiniez vos cassettes avec des stylos à bille ? Et vos coupes de cheveux ? Étaient-elles comme les nôtres ? Les filles se sont-elles libérées avec Madonna, crinière ébouriffée, yeux charbonneux qui déteignent sur les destins maculés promis par la vie ? À quoi ressemblait votre premier amour ? Avez-vous des enfants ? Je ne vous juge pas, je pose simplement des questions pour vous connaître. Je me demande comment se serait déroulée ma vie si j'en avais été le maître. Après quelques mois à obéir aux désirs d'Alexis, j'ai regardé mon ventre grossir avec stupeur. Je n'ai rien dit car cela ne pouvait pas être vrai, je pensais qu'une chose me sauverait de cet accident, qu'un matin je me réveillerais et que tout serait rentré dans l'ordre.

Le jour de mes dix-sept ans, mes parents l'ont compris. Ils m'avaient offert un maillot de bain pour aller chez ma tante au Touquet. Ils ont insisté pour que je l'essaie.

Je ne voulais pas, mon père m'a dit :

« Essaie-le maintenant ! Il nous a coûté cher. Essaie-le et montre-le-nous ! »

Je suis allée dans ma chambre et j'ai enfilé le maillot une pièce en tissu vichy bleu.

Je n'avais pas de miroir mais mon ventre avait gonflé, je ne voyais déjà plus mon sexe. Mes seins ressemblaient presque à ceux de Marilyn et me faisaient mal.

J'ai mis du temps.

Mon père a crié :

« Alors ? »

Enfin je suis sortie de ma chambre.

Ils m'ont regardée, mon père a souri, « tu deviens une femme, ça grossit dis donc ».

J'ai levé les yeux vers ma mère qui avait compris.

« Mon Dieu, mon Dieu ce n'est pas possible. Jésus, Marie, Joseph, pas toi ! Pas ma petite fille ! »

Le regard de mon père est alors descendu vers mon ventre.

Ma mère priait.

Il s'est levé et m'a giflée. Assez fort pour que je tombe au sol. J'ai protégé mon ventre. Il a continué. Ma mère psalmodiait en pleurs, il s'est tourné pour lui dire de se taire, que ses bondieuseries ne nous sauveraient plus de rien. Alors j'en ai profité pour m'enfuir et échapper à ses coups. J'ai rampé puis couru jusqu'à l'entrée, j'ai attrapé un manteau, celui de mon père, et puis je suis sortie.

J'ai croisé le voisin dans son uniforme de soldat, une cigarette à la bouche. « Le beau soldat », ai-je pensé, si mes copines voyaient ça… Il a marmonné un bonjour, j'avais la lèvre en sang. Il a fait mine de ne pas voir. Il m'a caressé la tête mais sans désir, comme on tapote un chien qu'on veut récompenser et il s'est éloigné. J'ai pensé « il faut l'attendre, il va me protéger, c'est certain ». J'ai rebroussé chemin et je me suis assise sur les marches du perron. Quand le soldat est revenu ivre quelques heures après, j'avais froid, en boule sous ce grand manteau fragile qui couvrait mon maillot de bain.

Il m'a ouvert la porte mais au lieu de me laisser partir vers mon appartement, il a attrapé ma main et m'a fait monter les escaliers. C'était comme un rêve que j'avais fait tant de fois mais avec les mauvaises couleurs, des odeurs qui n'allaient pas avec le scénario imaginé. Il m'a poussée sur son lit. Il n'a pas fait attention à mon ventre tout de suite. C'est après, après m'avoir prise sans autorisation, qu'il m'a dit « t'es une belle salope en fait », en regardant mon nombril tendu et en comprenant que j'étais enceinte. J'avais encore l'odeur d'une enfant.

> *Le temps ne passe pas*
> *Il pousse en force contre moi*
> *Et je lui échappe.*

Les hommes ont disposé de moi. Jamais je n'ai connu de gestes bienveillants. Je sais que les vôtres sont professionnels et je ne confonds pas. Pourtant, j'ai le sentiment que quelque chose nous dépasse.

Je serais honteuse si je me trompais. Merci de me le dire sans détour si tel était le cas.

En mars, alors que je me refusais à croire que vous puissiez ressentir quoi que ce soit pour moi, un geste m'a laissé entendre autre chose. J'avais mis mon gilet, j'allais partir, vous avez dit « Alice », je me suis retournée, vous me regardiez droit dans les yeux, j'ai à peine pu répondre. Je savais déjà dire oui en japonais, j'aurais pu essayer mais mon cœur était une chamade enfantine et mes joues avaient dû rougir.

« Je ne sais pas si vous connaissez ces bouts de papier que l'on plie pour leur donner des formes. Nous appelons ça des origamis. J'ai fait celui-ci pour vous. »

Vous l'aviez dit dans un français parfait. Je sais que cela était une épreuve. Vous aviez dû apprendre ces phrases et les répéter à haute voix en pensant à moi lorsque vous repassiez sur chaque pliure comme vous vous appliquez à détendre ma peau sous ce pyjama léger. Cet objet de papier n'était rien, mais il était la preuve que j'existais ailleurs que dans cette pièce, que je vous suivais chez vous, que j'habitais un petit espace de votre imaginaire.

Cet origami me regarde tandis que je vous écris, et me donne du courage.

C'est une grue. J'ai cherché, c'est un cadeau traditionnel et sans symbolique amoureuse. Mais je l'ai déplié et replié, pour voir le temps qu'il vous avait fallu pour confectionner ce présent avant de le déposer avec votre délicatesse habituelle afin qu'il paraisse anodin. J'ai compris que vous aviez fait un effort. Je voulais aussi, je l'avoue, savoir si la grue cachait un indice, un mot d'amour, une trace de parfum ou simplement les plis appliqués d'un homme qui pensait à moi.

Je vois que je m'échappe dans les souvenirs qui nous lient. Dès que je m'enfonce dans les moments sombres de ma vie, j'attrape cette bouée qui me sauve de ce qui m'a défaite. Les psychanalystes disent qu'on se construit aussi sur ses douleurs, que les failles sont des os, je ne les vois que comme des fractures. Puis-je me souvenir de la jeune fille désemparée qui se retrouvait enceinte, battue, isolée dans ses livres avec des parents qui avaient du mal à déchiffrer trois mots, sans penser à l'abattement qui accompagnait ma vie ? J'ai compris ce qu'était la survie quand mon père m'a mise à la rue. Un de ses amis m'a recueillie alors que j'allais crever de froid sous un porche. Je n'avais pas mangé depuis deux jours. J'étais restée longtemps en mouvement, j'avais marché la nuit, pour ne pas geler ni être repérée par d'autres clochards qui m'effrayaient. Cet ami a glissé son écharpe autour de mon cou et m'a prise par la main. Il était un peu plus vieux que papa. Il avait un visage de gentil grand-père. Quelle gentillesse, ai-je pensé d'abord, puis il m'a fait comprendre que je ne pouvais pas rester gratuitement et qu'il me trouvait jolie. Un matin avant de partir faire les courses, il m'a proposé un arrangement, il suffisait que nous ayons des rapports intimes juste une fois par semaine, le reste du temps, il se contenterait de me tenir la main devant la télévision. Il était gêné de me dire ça et il y avait de la bave blanche à ses commissures de lèvres. Il est parti au marché avec son panier, et sans même penser à prendre un pull chaud dans son placard, je me suis enfuie. Dans la rue, Marie m'a remarquée. J'étais perdue, j'avais pris mon petit sac à dos et mis mon manteau sur ma chemise de nuit. Je pleurais. Marie était responsable d'une association. Elle m'a prise par les épaules, j'ai sursauté, prête à mordre, elle a tenu bon et m'a offert un chocolat chaud, je lui ai raconté mon histoire. Elle avait un visage ingrat mais une voix douce qu'on ne pouvait pas oublier. J'ai vécu dans un foyer pour jeunes femmes, ma mère venait en cachette m'apporter de l'argent et des plats. Je n'ai jamais arrêté l'école et cela m'a sauvée. Après ma première année d'école d'institutrice, j'ai rencontré un homme bon. Il s'appelait Antonin. Il m'a vue au supermarché compter mes pièces pour acheter du lait – je ne pouvais plus allaiter Marine qui allait à la crèche et je travaillais comme serveuse après mes journées d'étude –, il est venu payer le lait. Il ne me l'a pas proposé car j'aurais décliné, il a simplement sorti de l'argent comme si nous avions fait les courses ensemble. Ensuite, il a porté mon sac de provisions et nous sommes allés chercher ma fille. Tout était naturel, apaisé. Antonin me donnait la sensation de rentrer à la maison ; dans ce refuge imaginaire qui m'avait sauvée les jours de froid. Il avait un faciès presque mouvant et sans caractéristiques précises, le genre dont on a du mal à se rappeler. D'ailleurs, quand je ferme les yeux aujourd'hui, je ne me souviens pas de lui, alors je regarde une photo que j'ai gardée et tout me revient. Nous sommes assis tous les trois sur le canapé orange de son salon. Marine sourit et on voit ses trois dents de lait du devant qui lui donnent un air de souris. Nous avons l'air heureux. Antonin m'a ouvert ses bras mais il ne m'a jamais fait l'amour. Il s'est occupé de moi et de ma fille comme s'il avait adopté des chats dans un refuge. Peu à peu, le désir est monté mais Antonin repoussait mes quelques assauts maladroits. Le soir, il m'embrassait sur le front. Mes larmes coulaient en silence. Deux ans après, mon père est mort et j'ai pu rentrer à la maison. Je n'ai jamais revu le soldat mais je tremblais à chaque pas. Avant d'avoir l'âge d'être une femme j'avais été souillée ou ignorée et déformée par une grossesse. Je me sentais sale et moche et j'ai nié mon corps. Antonin a tenté de me rattraper mais sa tendresse ressemblait à une prison, je pleurais l'idée de ce que nous aurions pu être. À Cambrai, je passais souvent à l'adresse d'Antonin, sans doute mon premier amour. C'était comme si une autre version de moi y vivait heureuse, dans un monde où ma vie se serait bien déroulée. J'espère me croiser un jour, me prendre dans mes bras et disparaître en cette autre Alice, me fondre dans sa vie joyeuse pleine d'amis, de parenthèses fermées, d'odeurs de cuisine, de verres ébréchés de trop de fêtes. Une femme vit-elle dans cette maison ? A-t-elle pris ma part de bonheur ?

Je suis seule, si vous saviez. Plus il y a de gens autour de moi, plus je m'enfonce dans la certitude de ne pas appartenir à ce tout. J'ai besoin de vos mains sur ma peau, de guérir sous vos paumes chaudes et qu'enfin vous enleviez ce tissu qui nous sépare pour être complètement à vous et découvrir le goût de la vie douce. Je ne veux pas garder notre rencontre comme un bel objet que l'on range dans une boîte. J'ai fait cela toute mon existence et cette fois je veux vivre, sentir votre torse, votre haleine proche de la mienne, la nuit qui nous dévore et que l'on traverse ensemble. Depuis vous, je ferme les volets et j'éteins la lumière et dans le secret je danse des heures. Je ne le faisais plus depuis l'adolescence. Le rythme qui pénètre mes mouvements m'aide à atteindre une sorte de transe et j'ai la sensation que vous êtes en moi.

Le soleil se couche, j'ai passé la journée penchée sur ce papier mais je ne peux me résoudre à nous quitter. Je vous dis tant de choses et je devrais résister à cette emphase ; les quelques amies qu'il me reste et qui vivent encore à Lille me diraient de me retenir, de rester mystérieuse mais voyez-vous, je n'ai pas pu me résoudre à cette maladie moderne qu'est la nonchalance. Un être amoureux calcule-t-il ? Si l'on se refrène, c'est que le cœur déjà n'est plus le gouvernail, que la tête a pris le dessus, que l'on part au combat.

J'ai plusieurs fois voulu croire au grand amour et il s'est bien moqué de moi. Je découvre les romans minuscules de Kawabata, ces histoires qui tiennent dans le creux de la main mais disent tout d'une vie. Je me sens proche de lui. De sa solitude. Plus la foule est grande, plus il se sent seul et pourtant il n'éprouve pas d'animosité à l'égard des autres, il les frôle, il avance, il s'enfonce dans l'obscurité de son existence. Même ses personnages suicidaires semblent aimer les gens. Je me retrouve dans cette contradiction ; je ne souhaite de mal à personne mais j'aurais voulu qu'on me fasse du bien et je n'ai jamais osé demander.

Il semble que plus j'aie donné, plus on m'a fuie, que l'amour soit de vouloir la peau d'un autre, d'abord en faisant l'amour avec sauvagerie et passé la trêve, l'épuisement où mène l'état amoureux, naît une seconde énergie. Là on veut la peau de l'autre sur un échafaud de reproches, de chagrins, de téléphones silencieux.

Je vais me coucher, l'aube doit déjà caresser vos paupières. Je me demande comment vous ouvrirez l'enveloppe dans laquelle se cacheront ces pages. Un postier la glissera-t-elle dans une boîte devant chez vous ? Vous la remettra-t-il en main propre avec un sourire entendu ? Je la parfumerai sans doute. La note de lys résistera-t-elle au voyage ? Lirez-vous cette lettre d'une traite ou doucement, comme les enfants sages qui ouvrent une surprise par jour dans leurs calendriers de l'Avent ? En avez-vous au Japon ? Ce sont ces petites maisons qui cachent derrière leurs fenêtres des cadeaux ou des chocolats qui nous séparent de la date de Noël, un décompte de décembre. Les vôtres doivent être si délicats, comme tout ce que je découvre sur ce pays. Quand je songe au Japon, je m'imagine une longue journée d'automne, et des arbres roux comme ceux du parc arboretum du Manoir-aux-Loups. J'emmenais Marine s'y promener quand elle était petite fille. Elle était si jolie ; les gens m'arrêtaient pour me le dire, tout le monde lui souriait.

J'avoue ne pas me remettre de n'être plus mère à temps plein, de ne plus me soucier de son bien-être. Ne plus avoir d'âme à charge rend la mienne pesante.

J'ai élevé ma fille dans une sorte d'appartenance mutuelle ; je n'étais pas une mère possessive mais nous formions un tout heureux. Quand elle est partie pour ses études de droit à Paris, j'ai remarqué que l'horloge du salon scandait les minutes d'un bruit que je n'aimais pas. Je ne l'avais jamais entendu avant. Les week-ends m'étaient particulièrement pénibles, je corrigeais les copies de mes élèves devant la télévision. J'avais bien quelques amis, mais la plupart étaient en couple et me dévisageaient comme une paria, voire un danger. Les quelques célibataires de la bande me renvoyaient une image de moi que je ne voulais pas affronter, je connaissais leurs répliques à l'avance. Peu à peu, j'ai cessé de les voir, comme pour ne plus me regarder. Alors, les week-ends sans ma fille se sont mis à durer. Je prenais nos rendez-vous le vendredi, vous en êtes-vous rendu compte ? J'ai cru longtemps que les jours de la semaine avaient une influence sur ma vie. Rien de bien ne pouvait arriver le jeudi tandis que le vendredi était doux, il y avait cette promesse d'après-midi légère. J'aimais d'ailleurs associer les journées à des couleurs. J'ai souvent demandé à ceux que j'apprécie la teinte qu'ils associaient au dimanche, au mardi… chaque personne avait une réponse différente. Je n'ai jamais rencontré quelqu'un qui pense la même chose que moi. Vous devriez essayer, cela dit beaucoup sur les êtres. Et si nous nous revoyons, j'ose espérer que ce sera un jour bleu ciel et que nos journées seront assorties.

Voici une feuille que vous pouvez remplir pour me donner les couleurs de votre vie.

Lundi…
Mardi…
Mercredi…
Jeudi…
Vendredi…
Samedi…
Dimanche…

Ce vendredi-là, nos regards se sont croisés un peu plus longuement et vous avez souri mais ce n'était pas de la politesse, vous m'indiquiez que vous étiez heureux de me voir. Je vous ai souri à mon tour. Je me suis allongée, je tremblais d'émotion. Vous avez fait les mêmes gestes que les fois précédentes, à la même vitesse, dans le même ordre, pourtant il y avait une autre énergie dans vos mains et il me semblait que vous touchiez ma peau directement. Vous l'avez d'ailleurs effleurée dans mon cou et nos deux souffles se sont précipités un instant.

De cette année où nous n'avons échangé que quelques mots. Vos mains ont parlé à mon corps qui, lui, répondait, je retiendrai que nous parlons tous la même langue mais que nous avons peur de nous écouter. « Qui entend l'arbre qui tombe dans la forêt ? » Je pense que si personne ne l'entend, tout le monde le sent tomber. Peu de gens veulent se soucier des arbres qui s'effondrent loin d'eux, et on refuse d'accepter que nos cœurs entendent tout. Que notre humanité est la somme de forêts décimées, et d'arbres qui tombent en nous, de sources qui bruissent et d'oiseaux et de cris de douleur, et d'abeilles qui bourdonnent. N'est-ce pas très japonais comme réflexion ? Voilà qu'à force de lire les auteurs de votre pays mon esprit s'ouvre à une autre façon de voir la vie. Lors de ma leçon du jour, j'ai appris ce qu'était un noppera-bô (のっぺら坊), un « fantôme sans visage ». Vos créatures légendaires sont terrifiantes, elles ressemblent au moment où la journée bascule dans la nuit, à ce qui pourrait être vrai, ce qui nous effraie enfant : ces formes dans la chambre sombre qui souvent deviennent des monstres. L'apparence humaine des noppera-bô rend le danger omniprésent, et on peut l'imaginer en chacun. De vous, je ne pressens que de la protection mais depuis un moment je scrute les gens pour voir s'ils ne sont pas masqués d'humanité car le noppera-bô peut faire disparaître les traits de son visage quand il le souhaite et laisser place à une peau sans relief qui recouvre entièrement ce qui nous rend humains. De cette grande étendue de chair surgit la peur dans le regard des autres et les fantômes japonais s'en réjouissent. C'est ce qui nous distingue, car bien souvent j'ai l'impression d'être moi-même un de ces fantômes, que mes traits sont noyés sous un néant qui me rend invisible plus qu'effrayante. Les gens ne me voient pas, ne me reconnaissent pas, ne fixent pas les traits de mon visage, comme on ne se souvient pas de la couleur précise du bitume. Je suis un fantôme qui ne fait pas peur, hanté par des souvenirs qu'il a tus. Comme pour beaucoup d'entre nous, mon adolescence a été l'âge des peines imprécises. Je flottais dans le chagrin quand j'ai rencontré cet homme qui m'a mise enceinte ; pour devenir une femme il fallait qu'une chose en moi éructe. Mon père ne savait pas aimer. Il se tenait voûté à trente ans, il avait renoncé. En vieillissant, il ne criait même plus. J'ai sans doute voulu réveiller sa colère comme on veut susciter l'amour. Je n'avais pas les mots, pas la compréhension du monde qu'il fallait mais je sentais qu'il était brisé. Je n'ai jamais su pourquoi. L'alcool lui tenait trop souvent compagnie et mes questions, quand elles étaient entendues, étaient raillées. Si j'avais été un garçon, ça aurait sans doute été différent. Papa ne s'illuminait qu'une fois dans l'année pour la grande fête foraine du 14 Juillet. Nous roulions vers Lille dans la voiture lavée pour l'occasion. Il excellait à la carabine et je me souviens de l'odeur sucrée des pommes d'amour et des explosions de feux d'artifice comme du seul ciel heureux de mon enfance. Un ciel par an. À la façon que mon père avait de baisser les yeux face à la simple évocation du sien, de couper la parole à sa mère quand elle me racontait comme il était enfant, j'ai compris qu'une chose se jouait. Et j'ai voulu protéger mon père autant que je le haïssais, car son silence est devenu le mien quand il a reproduit certains des gestes de mon grand-père sous les draps de mon enfance.

C'est ridicule, j'allais m'excuser car j'ai laissé passer plusieurs jours sans vous écrire ; comme si nous étions reliés par ces feuilles de papier et que vous sentiez quand je ne m'adresse plus à vous. Sans doute ce fil invisible existe-t-il sinon de nous deux, que resterait-il ?

Je réalise que cette lettre réveille douleurs et secrets. Je ne veux pas que vous pensiez que vous êtes une bouée de sauvetage ; malgré ces remous de l'enfance qui m'ont fait boire la tasse, je suis un être à flot. Mais vos mains et les sentiments qu'elles ont provoqués d'abord dans mon cœur puis dans toute mon âme m'ont forcée à plonger sous les vagues et remontent à la surface la beauté comme l'horreur.

J'ai passé l'après-midi chez ma fille. Depuis qu'elle a de l'argent, on dirait qu'elle me met à distance. Je le comprends à travers des choses quasi imperceptibles, un mouvement du menton, un geste de la main, le regard qu'elle me porte quand j'emballe les restes d'un repas dans du papier aluminium. C'est comme si nous ne faisions plus partie du même monde, qu'elle marchait dans une de ces bulles qui font la joie des enfants dans les fêtes foraines, mais la sienne est magique, elle n'y trébuche pas et c'est moi qui semble appartenir à un univers terne et honteux. Elle m'a vue nouer mes mains entre elles, je me sentais si mal, si loin. Son mari est arrivé avec la nuit et ils m'ont proposé de rester dîner. Elle lui a murmuré une chose à l'oreille et ils ont ri, j'ai senti qu'ils se moquaient de moi. Sûrement de mes chaussures ou d'un mot que j'avais sans doute mal prononcé. Je me suis levée, j'ai dit que j'avais sommeil et que je reviendrais une autre fois avec plaisir, ma colère était palpable.

« Maman, tu devrais faire de la méditation. »

Dans ce monde de riches il semble désormais qu'il y ait une injonction au bonheur ou un besoin de montrer un visage lisse sans cesse. Soyons tous des poupées de plastique !

« J'en fais déjà avant mes cours de japonais. »

Elle a ri puis compris que ce n'était pas une blague.

« Tu prends des cours de japonais ? »

Ils se sont regardés et m'ont à nouveau moquée en silence.

« Je pense aller au Japon un jour, je voudrais connaître la langue.

— Et tu médites ?

— Oui. Avant chaque leçon.

— Tu sais que c'est indien, la méditation ?

— Les méditations métaphysiques de Descartes ne se passent pas à Bombay, que je sache ?

— On parle du truc où tu entres en toi et tu te tais, et tu fais le vide.

— Oui, je sais de quoi on parle.

— Vous nous parlez en japonais, Alice ? »

J'ai insisté sur ma fatigue et une migraine naissante et je suis partie.

En rentrant je suis passée par le pont des Arts où les amoureux viennent mettre un cadenas qui porte leurs initiales. Les services de la mairie étaient en train de les sectionner avec des pinces car le pont pèse trop lourd et menace de s'effondrer. Je voyais les cadenas tomber les uns après les autres, comme des soldats sur le champ de bataille, sacrifiés. Pensez-vous que cela ait affecté tous ces couples ? Qu'ils se sont disputés dans la journée et séparés brutalement ? Pensez-vous que les mécaniques de l'inattendu bouleversent nos sentiments de façon irrépressible ? Même quand les faits ne s'entrechoquent pas, qu'ils n'ont pas de rapport les uns avec les autres ? Le fameux battement d'ailes du papillon. Vous connaissez bien sûr cette théorie. Elle vient d'une conférence d'Edward Lorenz qui posait la question : « Un battement d'ailes de papillon au Brésil peut-il déclencher une tornade au Texas ? » Il aurait pu se demander si le battement d'ailes de ce même papillon pouvait *empêcher* une tornade mais le drame intéresse, c'est inscrit dans l'humanité. L'effet domino... Depuis que je vous ai rencontré, je me dis qu'il peut mener à la félicité. Sans ma fille qui m'a fait déménager à Paris, sans la pluie, sans le besoin de m'abriter, sans cette femme qui ne vient pas faire son massage, sans ma peur de dire non, sans tant de choses, je ne vous aurais pas rencontré. Le papillon est l'emblème de la femme chez les Nippons, deux papillons celui de la félicité conjugale. C'est désormais comme cela que je nous imagine en fin de vie, comme ces jolis êtres colorés, car nous avons quitté nos cocons depuis longtemps, libres et heureux, attirés l'un par l'autre pour le temps d'émerveillement qu'il nous reste.

Il y a cette séance où nous avons ri.
J'avais rendez-vous en toute fin de journée.
Vous avez ouvert la porte du salon de thé qui semblait fermé. Kyoko n'était pas là et vous m'avez invitée à pénétrer directement dans votre petite maison. Vous êtes sorti pour me laisser le temps d'enfiler ma tenue de shiatsu mais quand vous êtes revenu quelques minutes après, je n'étais pas encore prête et vous m'avez vue me contorsionner. Je tentais d'atteindre la fermeture Éclair de ma robe, en vain.

« Je aider ? avez-vous demandé en riant.

— Je n'y arrive pas », ai-je répondu, et je me suis esclaffée aussi.

Nous étions comme deux enfants hilares.
Et soudain, les rires ont cessé.
Vous vous êtes approché et j'ai senti votre odeur particulière de cèdre et de papier. J'ai soulevé mes cheveux. Une de vos mains a attrapé mon épaule tandis que l'autre faisait glisser doucement la fermeture Éclair.

Et nous sommes restés immobiles un temps.
Puis vous êtes sorti et j'ai fini de me déshabiller dans un état de flottement.

J'ai retiré mon soutien-gorge, mes seins étaient durs. Le pyjama que j'enfilais semblait me caresser. Vous avez ouvert la porte et j'ai retenu mon souffle.

Quand vous avez posé vos mains chaudes sur moi, j'ai plongé dans un état proche du sommeil mais qui m'a tenue éveillée des jours ensuite. Vos mains sur mon corps n'étaient plus celles d'un simple masseur. Nos souffles ne pouvaient pas mentir. Toute la nuit j'ai rêvé de nous, à moitié éveillée, les mains entre les cuisses. C'était la pleine lune, j'avais vingt ans à nouveau. Je ne savais pas comment vous joindre sinon je l'aurais fait. Le printemps s'était abattu soudain et l'air était chaud. Je me suis promis d'aller vous voir dès l'ouverture du salon de thé et de vous embrasser. J'échafaudais des plans adolescents, des scénarios dans lesquels vous basculiez mon corps en arrière comme celui d'une actrice de cinéma, vous m'avez embrassée de cent manières différentes avant que je m'endorme le sourire aux lèvres.

Le téléphone a sonné alors que le jour se levait à peine. Le mari de ma fille me prévenait qu'une petite fille était née.

Le matin où je pensais vous rejoindre, mettre mes habits de jeune femme, je me réveillais grand-mère. La réalité me faisait enfiler une peau de trop alors que je m'apprêtais à opérer ma mue. Je me suis sentie bloquée dans ma vie. J'ai honte de le dire mais je n'ai ressenti aucune joie. Je me hais de cela. J'ai voulu me plaire quand même, alors j'ai fait des efforts. Avoir une petite-fille était un événement, l'émotion allait naître sûrement. J'ai mis du mascara noir pour faire ressortir mes yeux et du rose à mes joues. Il n'était que huit heures du matin.

J'ai marché jusqu'à l'hôpital. C'était assez loin mais le printemps caressait l'air de son parfum et je découvrais Paris par ce temps-là. Les visites à l'hôpital étaient limitées, on m'a demandé qui j'étais. Quand j'ai prononcé « la grand-mère », personne n'a remis ce statut en cause et j'ai failli en pleurer. Dans l'ascenseur, j'ai réalisé que ma fille devenait mère à son tour et l'émotion est née. Pour elle.

Cependant, lorsque je suis arrivée dans la chambre, Marine m'a regardée avec distance, comme si la réserve d'amour à mon intention avait diminué et que je dérangeais désormais. Il eût fallu que je reporte immédiatement ce que Marine m'enlevait sur ce petit être dont les doigts fragiles tenaient un des miens. Je l'observais avec son bonnet minuscule et son nez bien dessiné mais je ne ressentais rien. Je pensais simplement que j'allais venir vous embrasser ensuite, que j'allais oser courir vers vous. Les autres grands-parents sont arrivés. Ils étaient plus chics, avaient les bons mots, un ourson doux comme du cachemire et un cadeau de grande marque emballé avec un nœud de soie. Je n'avais rien acheté avant que le bébé naisse, dans ma famille on dit que cela porte malheur. Mais je tenais le bracelet de naissance de Marine au fond de ma poche. Je l'avais gardé pendant toutes ces années et apporté dans une petite sacoche en cuir comme une vieille bourse qui contenait un objet précieux. J'ai sorti mon trésor, bouleversée de ce que cette émotion à venir me procurerait bientôt tel un boomerang. Quand j'ai pris la petite dans les bras, j'ai voulu mettre le bracelet de sa mère à son poignet.

« Qu'est-ce que tu fais ?

— C'était le tien.

— C'est super sale, c'est vieux. Chéri, reprends la petite tu veux bien ? »

L'autre grand-mère l'a attrapée avant que son fils ne réagisse. Le bracelet de naissance de Marine a été posé avec les cadeaux de luxe, isolé pour ne pas transmettre de microbes. J'étais si choquée que la transmission ne soit pas un émerveillement pour ma fille. Avais-je échoué à la rendre sensible à ce qui compte ? J'ai été spectatrice à nouveau, un personnage secondaire, une figurante même, tant on ne m'autorisait pas de réplique. Je suis à un âge où vous savez bien que vous ne brillez que si les gens s'éteignent par intermittence en votre faveur. Pour cela, il faut qu'ils vous aiment.

« C'est une vraie Lavilaine », s'est exclamé le jeune grand-père, et j'ai réalisé qu'ils portaient tous le même nom, sauf moi. Je n'ai pas osé récupérer le petit bracelet de Marine mais j'ai su qu'il serait perdu, oublié ou jeté. La force des symboles n'a de la valeur que pour ceux qui ont vécu ou sont nés nostalgiques d'une vie oubliée. Ce n'était le cas d'aucun d'entre eux. Ils étaient dans la vulgarité du présent et se demandaient à qui la petite allait ressembler alors que je m'imaginais sa rentrée des classes et son premier amoureux. Ma fille semble désormais connaître le prix des choses mais avoir oublié la valeur de l'essentiel. J'ai mis mon manteau doucement pour qu'elle me retienne. Elle ne l'a pas fait. Tout le monde regardait la petite.

« Comment allez-vous la prénommer ?
— On hésite encore.
— Je vais te laisser te reposer. »

Pas de protestation. J'ai souri au bébé comme si elle pouvait le sentir, embrassé ma fille sur le front, fait la bise au mari, aux beaux-parents et je suis sortie.

Le couloir restait celui d'un hôpital et quand on est venu pour un être sans nom, voir quelqu'un qu'on ne reconnaît pas, on y est bien triste. J'ai attendu l'ascenseur longtemps. Benoît Lavilaine m'a rejointe et j'ai sursauté. Prise dans mes pensées, je ne l'avais pas vu arriver.

« Ça nous met un coup de vieux quand même… Enfin pas vous certainement, vous avez eu Marine adolescente, alors forcément…

— C'est pareil pour moi. C'est… beaucoup d'émotions.

— Je ne sais pas si c'est Paris mais vous avez comme un éclat depuis quelques mois, vous êtes très belle, Alice.

— Merci.

— Vous ne devriez pas rester seule. Un homme pourrait vous rendre heureuse. Même discrètement. Je veux dire, sans avoir besoin de vous remarier et tout le tralala. »

Il semblait gêné de me parler de ça et il m'embarrassait encore plus. Nous n'avions jamais échangé que banalités et politesses. L'ascenseur est arrivé. Nous étions au neuvième étage. Au septième, Benoît Lavilaine m'a plaquée contre le mur et a essayé de m'embrasser. Il avait une haleine de café et il sentait le vétiver. J'ai tourné le visage, il a soulevé ma jupe.

« Personne n'en saura rien. Laissez-moi faire. »

Je l'ai giflé, avec une force que je ne me connaissais pas. C'est la première fois que j'osais repousser un homme. Les autres fois, j'avais si peur et je ne m'en sentais pas le droit. Les sentiments que je vous porte m'ont aidée à me défendre. Je suis sortie de l'ascenseur.

« Ne dites rien, je vous en supplie. Ne dites rien à Catherine. Je ne sais pas ce qui m'a pris. Vous n'êtes même pas mon genre. »

Il venait de m'exclure définitivement de cette famille. Ma fille ne me comprenait plus, et je ne ressentais rien pour cette petite-fille. Bien sûr, je n'ai pu ensuite venir vous voir pour vous embrasser comme dans mes fantasmes de la nuit. Je me sentais différente et isolée alors je suis rentrée chez moi et je me suis assommée avec un somnifère.

Au réveil, je vous ai écrit une première lettre et l'ai jetée, lâchement. Je suis restée des heures devant mon petit déjeuner, en boule, à chercher les bons mots. J'ai toujours corrigé mes copies dans ma cuisine, comme si c'était ma vraie place, celle d'une femme, et que j'outrepassais mes droits en ayant un métier. Ma mère faisait des petits boulots de ménage à droite et à gauche mais on ne disait pas qu'elle travaillait. C'était une femme au foyer comme sa mère avant elle. Quand je tentais d'écrire mon roman, je me recroquevillais sur la chaise usée près de la théière sans même penser à utiliser le petit bureau du salon. Mon père ne s'était pas réjoui que j'obtienne mon bac, que je fasse des études, que je sois une « intellectuelle » comme disaient ses amis ; à ses yeux c'était la pire chose pour une femme. Plus je devenais lettrée, plus les hommes me verraient moche. Avec le temps je pense qu'il n'avait pas complètement tort ; plus une femme prend de pouvoir et d'ampleur, moins elle est désirable. C'est désolant mais ainsi. J'aurais dû penser à être belle et hydrater ma peau au lieu de nourrir mon esprit. J'avais excité Benoît Lavilaine car il me voyait comme une plouc de province, il faut à la plupart des hommes un sentiment de supériorité pour pouvoir désirer. Ne dit-on pas « posséder une femme » ?

Depuis notre rencontre, je me demande à quel moment j'ai abandonné la préoccupation de mon corps et de son plaisir. Comment ai-je pu vivre dans une enveloppe que je niais pendant tant d'années ? Les yeux des hommes, leurs gestes ou leurs mots cruels m'ont sans doute obligée à oublier son existence. Il y a eu ce très grand garçon mince aux yeux verts qui passait du plus grand désarroi à la plus grande violence et n'avait pas d'empathie. Il était presque albinos avec de grosses lèvres. Il était beau à première vue et monstrueux lorsqu'on s'attardait sur l'ensemble de sa physionomie. Il portait toujours un blouson de cuir, même les jours d'été, il pensait que cela lui donnait de l'allure mais il ne faisait qu'accentuer ainsi la difformité de ses jambes immenses. Pourtant, je l'aimais. Il se plaisait tant qu'il plaisait aux autres, c'est l'aura que dégagent les êtres sûrs d'eux. Nous étions ensemble depuis quelques jours à peine quand il m'a dit « je ne comprends pas ton corps ». Il m'a fallu un moment pour saisir qu'il me trouvait trop grosse. Je suis partie en pleurant mais il m'a rattrapée, il s'est excusé en me disant qu'il resterait et patienterait pour que je maigrisse et que je me sente belle. Avant cela je ne me trouvais ni moche ni grosse. Je me suis affamée, il me félicitait à chaque kilo perdu. Mon corps diminuait mais ma colère grossissait. Plus tard, quand j'ai traduit qu'il refoulait des pulsions homosexuelles, j'étais déjà abîmée. Je pouvais maigrir, pas me transformer en homme. Il m'a cognée plusieurs fois, ça ne durait jamais longtemps puis il s'excusait. Il me faisait l'amour en pleine nuit, me mettait de dos, il était dans un demi-sommeil, encore embrumé de ses rêves. J'aurais pu être n'importe qui. Je suis restée trop longtemps mais j'ai trouvé la force de partir. Pour ma fille. Pour qu'elle sache qu'il y avait mieux.

Et le mieux, dans mon cas, a été la solitude.

Je tente de chercher des moments joyeux, je ne veux pas que vous me voyiez comme une pelote de peine. Cette nuit volée avec mon amie Michèle. Je vivais déjà au foyer et je leur avais dit que j'allais tenter de voir mes parents. Ma mère avait confirmé. Je crois qu'elle se disait qu'une fois enceinte il ne pourrait rien m'arriver de pire et elle m'a alors laissée très libre et a facilité mes évasions. Michèle n'avait pas son permis mais sa grand-mère lui prêtait sa Simca. Nous avions roulé jusqu'à la plage et commandé des gaufres en guise de dîner. Je me souviens d'une joie pure, enfantine. J'allais être mère mais je n'étais pas encore adulte. Le vent sur le visage, la liberté, l'idée que tout était possible malgré cette poupée qui grandissait dans mon ventre. C'est aussi Michèle qui m'a accompagnée à l'hôpital quand j'ai eu mes premières contractions. À huit mois de grossesse, nous chantions *The Final Countdown* en hurlant à tue-tête, c'était le tube du moment. Nous ne comprenions pas ce que ça voulait dire. Je sais maintenant que ce décompte final était celui qui séparait ma vie d'enfant et celle d'aujourd'hui. Quand Marine est née, beaucoup de questions ont trouvé des réponses et tant d'autres sont apparues.

J'aimerais vous parler des souvenirs que je ne connais pas encore. J'ai cette impression singulière qu'on ne vit pas par ordre chronologique ; que le temps fait des boucles. On se remémore soudain certaines choses qui nous paraissaient oubliées alors qu'on vient seulement de les vivre. Et ces souvenirs influent directement sur notre présent. Si cela pouvait être vrai, peut-être que dans un demain hier, je m'allongerais à nouveau dans cette petite pièce, vous me souririez et vous poseriez vos mains sur moi et il n'y aurait plus que le présent. De la même façon qu'il existe des éclipses, pourquoi le temps ne ferait-il pas machine arrière ? À l'université de Princeton, un chercheur du nom de Kurt Gödel avait offert comme cadeau d'anniversaire à Einstein la résolution possible d'une des formules du temps qui traçait une ligne droite dans laquelle on pouvait probablement voyager dans le passé. Pour l'anecdote, ce mathématicien paranoïaque ne voulait rien manger qui n'eût été préparé par sa femme, de peur qu'on ne l'empoisonne. Elle a été hospitalisée six mois et il est mort de faim. Einstein aurait pu prendre le temps de lui donner la becquée…

Encore un lien avec vous ; tous les rebonds de mes souvenirs, de mes désirs et mes anecdotes volent au-dessus de l'océan, vers votre pays de dragons et de lampions rouges. En 1922, Einstein a voyagé au Japon, il a résidé à l'Imperial Hotel de Tokyo et un coursier est venu lui déposer une lettre… Nul ne sait si celui-ci refusa un pourboire comme il se doit dans votre pays ou si Albert Einstein n'avait pas de monnaie, mais pour ne pas le laisser partir sans le récompenser, le savant lui donna deux notes en allemand. Ce n'étaient pas des équations mathématiques mais des phrases empreintes de sagesse. Sur un des papiers il était écrit : « Une vie tranquille et modeste apporte plus de joie que la recherche du succès qui implique une agitation permanente. » Sur le second, on retrouve le célèbre adage emprunté à Lénine : « Là où il y a une volonté, il y a un chemin. » Je m'empare de tout ce qui lie mes émotions entre elles pour croire en ce chemin qui nous mènera l'un à l'autre.

J'ai laissé ma lettre reposer deux jours et je l'ai relue, non sans honte. Je sais que je n'ai d'autre choix que celui de continuer, mais une fois écrite, oserai-je vous l'envoyer ? Il n'est pas encore six heures du matin et vous êtes déjà dans mes pensées, ou vous l'êtes encore, devrais-je dire, car vous avez passé la nuit dans mes rêves. Même si je ne travaille plus, j'aime me réveiller tôt. Quand le ciel est de ce noir pas encore bleu, que la nuit refuse de se lever comme un adolescent rivé à son lit ; j'allume les lumières de mon appartement et je regarde par la fenêtre. L'hiver, les silhouettes se pressent mais évoluent moins vite que lorsque, portées par la chaleur des aubes d'été, elles sont aériennes et joyeuses. Quand le froid perce, j'en vois qui relèvent leur col et marchent d'un pas lourd pour aller travailler. Je fais clignoter mes lampes comme un phare au milieu de mon immeuble sombre. Ma lampe de chevet minuscule envoie un message codé et leur donne du courage. Parfois je crois déceler une démarche plus légère à la vue de mes signaux, comme un sourire du corps qui résiste à la morsure du vent glacé. Il y a aussi ceux que je reconnais et qui ne touchent pas terre malgré la fatigue d'une nuit blanche, ces gens qui viennent de tomber en amour. Ce sont eux qui me renvoient de la lumière. Feriez-vous ça avec moi, un matin ? Nous regarderions les silhouettes, nous pourrions rire, les détailler, imaginer leurs secrets pour nous avouer les nôtres. Je voudrais déplacer l'intimité de vos massages au centre de ma vie. Quand vous posez les mains sur moi, j'ai la sensation que vous me comprenez. Cet habit de peau et d'os cesse d'être un poids et devient un moyen de vous dire mes douleurs, mon passé, mes désirs. La sensualité qui émanait de moi jadis se délie, se délivre sous vos doigts. Certaines choses se passent de mots. Ce que je ressens c'est une langue qui flotte, que nous pouvons comprendre sans même nous regarder, car il y a dans la salle une atmosphère qui naît de nous et nous dépasse tout à la fois. J'essaie avec cette lettre de lui donner des noms, d'articuler des phrases mais sans doute savons-nous déjà tout d'instinct. Pourquoi l'écrire ? Pour figer ce sentiment et que vous puissiez y plonger en relisant cette lettre. Peut-être aussi afin de construire une sorte de mausolée pour protéger mes émotions comme autant d'objets précieux ? J'espère ne pas vous sembler étrange maintenant que vous me découvrez au-delà de votre intuition.

Y a-t-il des gens qui se sentent bien ? Qui affrontent la vie comme s'ils y étaient à leur place ? Vous m'avez fait l'impression d'un être ancré dans le sol et capable de soigner les chagrins avec vos mains, mais peut-on guérir les chagrins s'ils ne nous ont pas traversés déjà, secoués, mis à terre ? Je vois la mélancolie dans le fond de vos yeux, pourtant on croirait que vous cohabitez en paix. Comment en êtes-vous arrivé là ? Est-ce que je me trompe ? Pleurez-vous parfois derrière vos rideaux orange à fleurs ? Oui, j'ai vu vos fenêtres. Je connais votre adresse. Ne me prenez pas pour une folle, je vous en prie. Juste pour une femme dont le cœur bat à l'unisson du vôtre. Je n'ai pas cherché à vous suivre. Un soir, alors que je rentrais d'un dîner chez ma fille, je vous ai vu dans la rame de métro. J'ai voulu vous faire signe. Vous aviez l'air triste et dans vos pensées alors je me suis retenue. Quand vous êtes descendu, j'en ai fait autant, sans réfléchir, comme on couvre quelqu'un qui a froid, je voulais vous protéger à ma façon.

Mais, à peine quelques mètres après la sortie de la bouche de métro, vous êtes entré dans votre immeuble. Je n'ai pas eu le temps de vous parler. Nous aurions peut-être gagné des jours de bonheur, ou alors j'aurais cessé de m'imaginer des choses qui ne sont pas. Je crois que je ne voulais pas savoir. J'ai toujours préféré le confort du fantasme aux risques de la vie.

Vous avez composé votre code rapidement, j'ai été prise au dépourvu. J'étais juste derrière vous, prête à vous sourire mais vous ne vous êtes pas retourné. Je me suis retrouvée stupide, seule dans votre rue. Une nuit claire venait de tomber.

J'ai levé la tête.

La lumière du troisième étage s'est allumée. Vous avez ouvert la fenêtre. Je me suis cachée, dos au réverbère, mais je ne pense pas que vous ayez jeté un œil en bas. Vous avez allumé une cigarette. Cela m'a surprise. Je n'en avais jamais senti l'odeur ni sur vos mains ni dans votre haleine. J'ai pensé que vous ne deviez fumer qu'occasionnellement et que j'avais sans doute raison, un chagrin avait dû s'abattre sur vous. J'ai regardé votre ombre passer. Sous vos fenêtres, j'avais le cœur qui battait comme une adolescente. La lumière s'est éteinte. J'ai attendu un peu. J'ai pensé que vous m'aviez peut-être vue et que si je fermais les yeux comme dans les films, la porte s'ouvrirait et vous marcheriez jusqu'à moi pour me donner un baiser.

Un.

Deux.

Trois.

J'ai honte de ma naïveté.

Bien sûr j'étais seule dans cette rue fraîche, mais pas complètement, vous étiez venu habiter la maison où logeait mon espoir endormi.

Je suis rentrée avant qu'il n'y ait plus de métro. Sur le chemin du retour, je souriais.

Je me réveille le visage sur ma table de bois, mon stylo entre les mains. Je ne me souviens pas m'être endormie. L'aube est en train de naître et je n'ai pas fini cette lettre. Il me semble nécessaire de ne pas en couper l'élan sinon je n'oserai jamais vous l'envoyer, alors j'en reprends l'écriture sans boire ni manger, sans penser à autre chose qu'à exprimer ce que j'ai enfoui depuis que je vous ai rencontré. J'ai confiance en vous. Je ne vous connais pas, pourtant si vous étiez derrière moi, je me laisserais tomber en arrière sans peur, de tout mon long. Je sais que vous me rattraperiez. Je sais que vous me rattraperez.

Une année est passée. Le 16 octobre, j'ai su que c'était mon dernier cours de japonais. J'étais venue chaque jour, même malade, même effrayée. Le moment de parler arrivait. Je me suis autorisé tant de choses depuis le jour de notre rencontre, à rire devant des films toute la nuit en mangeant des chips et des gâteaux au chocolat, à boire tard dans des bars en souriant, à laisser le vent flotter sous mes jupes. De cette résurrection est né un sentiment profond et aujourd'hui mon envie est de finir ma vie paisible près de vous. Ce matin, je me suis habillée le plus simplement possible comme si j'avais envie que vous me regardiez nue. Pas une nudité qui appelle l'érotisme mais celle du jardin d'Éden, pure, sans déguisement. Je voulais que vous me voyiez et que vous m'aimiez telle que j'étais, avec les rides douces qui entourent mon sourire, les quelques cils blonds qui encadrent mes yeux, l'enfance qui a encore sa place dans une part de ma silhouette. Je m'avançais vers vous.

La dernière fois que je vous avais vu, vous m'aviez offert un origami de grenouille dans un papier rose…

Elle est tombée de mon sac à main lorsque je prenais ma leçon de japonais. Mon professeur m'a alors dit que « kaeru » voulait dire à la fois « grenouille » et « rentrer à la maison ». J'ai pensé que vous m'ouvriez vos bras et j'ai rougi.

Puis il m'a demandé « Comment s'appelle votre ami japonais ? », alors que je n'avais jamais évoqué votre existence. Je lui ai répondu « Akifumi », et il m'a révélé que votre prénom signifiait « Message d'automne ». J'ai trouvé cela si joli. Les feuilles tombaient en paquets, le sol rouge et brun m'avait fait un tapis moelleux pour venir jusqu'à vous. Les choses étaient en place.

Pardonnez-moi, je change la couleur de l'encre de mon courrier mais j'ai épuisé un stylo entier et il ne me reste que du bleu. Dois-je y voir un signe ? Il me semble que je n'avais jamais imaginé de signe nulle part avant de vous connaître. Maintenant, je commence à croire en une sorte de mystique qui lierait les âmes entre elles et commanderait aux couleurs, aux éléments et à la croissance des fleurs.

Je n'étais pas venue au salon depuis plus d'un mois. Je voulais être prête à bafouiller devant vous en japonais. Je répétais les mots dans ma tête comme une ritournelle.

« Akifumi, watashi wa anata to hanasa nakereba narimasen. »

Dans le reflet de la vitrine de jouets près de chez moi, je me suis regardée longtemps et je me suis vue et j'ai pensé que j'étais jolie. J'ai relevé mes cheveux en chignon pour que vous puissiez admirer ma nuque que vos doigts ont touchée tant de fois.

Les hommes me dévisageaient dans le métro. Vous m'avez rendu le pouvoir d'être un objet de désir. Cela me plaît et me fait peur à la fois.

« Akifumi, je dois vous parler… »

« Akifumi, watashi wa anata to hanasa nakereba narimasen. »

J'espérais que les mots ne s'en iraient pas d'un coup et que je ne me retrouverais pas démunie comme Cendrillon après le bal.
Quand j'ai tourné au coin de la rue du salon de thé, il pleuvait, les enfants de l'école voisine couraient en ronde folle, j'ai pensé, c'est bien, c'est un cycle, c'est comme la première fois, le ciel sans doute me fait un signe.
Je suis arrivée mouillée. Je me suis assise pour prendre un thé et Kyoko m'a donné un daifuku-mochi, je l'ai remerciée en japonais et ça l'a fait rire.
J'ai pris mon temps car je savais que ma vie pouvait changer à jamais. J'allais enfin vous dire les choses, vous dire que j'avais appris les mots qu'il fallait pour parler avec vous.

Kyoko est venue me chercher. Ma bouche était sèche et je nouais mes mains. J'avais répété les mots plusieurs fois dans ma tête et devant le miroir de ma chambre mais ils semblaient s'emmêler et ne plus rien vouloir dire. Je ne sais pas pourquoi je m'étais imaginé que je vous verrais avant, habillée, mais j'ai respecté l'ordre des choses. J'ai retiré mes vêtements et je tremblais en enfilant le pyjama marine. Je ne me suis pas allongée. Je suis restée assise, j'espérais que votre regard m'apaise immédiatement et me donne du courage. Une femme est rentrée. Je n'ai pas tout de suite compris. J'ai pensé à un contretemps mais, dans un très bon français, elle m'a demandé de m'allonger.

J'ai demandé : « Akifumi ? Akifumi n'est pas là ?
— Non, c'est moi qui le remplace.
— Il va bien ? Il revient bientôt ?
— Akifumi ne travaille plus ici. »

C'était bien un cycle, j'entendais la pluie et mes larmes coulaient à nouveau sur mes joues. Elles exprimaient de la peine et de la colère, l'injustice face au destin. « Unmei », ce mot devenait soudain laid. Et je me suis sentie ridicule d'avoir imaginé un lien entre nous. J'ai bafouillé une excuse pour me rhabiller. J'avais honte. Chacun de mes mouvements devait me démasquer plus encore.

« J'ai suivi la même formation, ne vous inquiétez pas.
— Je suis désolée mais je dois partir. »

Je suis sortie sans même avoir complètement reboutonné ma chemise. Je n'avais plus de souffle. Kyoko m'a expliqué votre retour au Japon, j'ai demandé si vous rejoigniez quelqu'un, elle m'a répondu « Non Akifumi seul, toujouseul ». Et au lieu de me réconforter, cela m'a plongée dans une tristesse infinie. Nous sommes semblables et seuls. La grenouille signifiait que vous rentriez à la maison, et qu'elle était loin, très loin de moi. Je n'étais pas votre nouveau foyer comme je l'avais tant espéré.

C'était il y a trois mois.

Il paraît que le salon a été vendu. La dernière fois que j'y suis allée, Kyoko m'a donné votre adresse et m'a prise dans ses bras. Les femmes comprennent les silences du cœur.

Le mien a déraillé il y a quelques jours quand je suis passée devant le salon de thé et qu'il n'y avait plus qu'un rideau de fer grillagé. J'avais rangé mes chagrins dans le tiroir de mes rêves qui parfois vous faisaient ressurgir joyeusement, la nuit nous nous aimions, mais au réveil c'était terrible. Et voilà que ce salon dont le nom avait disparu de la façade me faisait douter de toutes les réalités. Existiez-vous vraiment ?

Il faisait beau, les enfants de l'école voisine devaient être en classe, on n'entendait aucun bruit, le salon de thé venait d'être repeint, c'était une case blanche, vide. Tout semblait me dire que j'avais peut-être tout imaginé, que la seule réalité joyeuse de mes dernières années avait été gommée. Je me suis approchée, j'ai vu mon visage dans le reflet d'un morceau de la vitrine, mon corps a chancelé et puis plus rien.

Quand je me suis réveillée à l'hôpital, je me suis sentie heureuse. Ma douleur avait finalement donné naissance à un symptôme et quelqu'un s'occupait de moi.

C'est ironique, ce sont les Japonais qui ont donné un nom à ma maladie : un tako-tsubo. Cela veut dire « piège à poulpe » car le cœur se gonfle du côté gauche et en prend la forme. Il ne s'agit pas d'un infarctus, il n'y a pas de caillot de sang. On dit que c'est provoqué par le stress, ce mot qu'on met à toutes les sauces. J'ai une vision plus humaine. Je pense qu'on peut avoir le cœur brisé, peu importe ce que contient le chagrin, de l'amour perdu, de la violence, de la peur, lorsque l'on reçoit une dose trop forte d'angoisse et de douleur, le cœur se déforme et on s'effondre.

C'est ce qui m'est arrivé.

Saviez-vous que le cœur gardait des cicatrices ? J'aurai pour toujours un souvenir physique qui striera le mien, une empreinte de cette peine qui m'a mise à terre. Si on le regarde de près, ce sera peut-être votre prénom ou les coordonnées du lieu où vous êtes né.

Je me demande dans quel état est votre cœur.

J'ai discuté longtemps avec le docteur et il m'a suggéré de vous adresser une lettre. Il m'a dit que je verrais à la fin s'il me semblait nécessaire de la poster mais que je me devais de fixer sur du papier l'émotion que vous aviez fait naître en moi. Je ne peux garder l'envie de nous enfermer dans moi toute seule.

Vous écrire est tout ce qu'il me reste. Rédiger cette lettre et attendre une réponse pour venir vous rendre visite à Miyazaki. Ne vous moquez pas de moi mais je n'ai jamais pris l'avion. Mon grand-père était dans l'aéropostale. Il est mort dans un accident aérien. Je venais de naître. – Mon père n'a plus jamais levé les yeux au ciel et coupait les arbres pour regarder vers le bas. Il ne croyait pas en Dieu. Ce qui pouvait s'échapper de la terre ferme lui faisait peur : les rêves, la musique, les bouteilles à la mer, l'amour. Tout cela m'était interdit. La seule poésie de ma vie était le jardinage. Planter des fleurs et les voir révéler leurs couleurs magiques, puis mourir sans avoir pu quitter notre jardin en courant. Enracinées, comme en prison, comme je l'ai été. J'ai appris qu'au Japon vous aviez une fleur pour chaque mois. Et même un verbe qui signifie « regarder les fleurs ». Si vous m'autorisiez à venir vous voir le mois prochain, je pourrais découvrir les fameux cerisiers d'avril. Je m'imagine courir dans un tunnel d'arbres roses, et j'espère que vous m'attendez à l'autre bout. J'ai lu dans le journal ce matin que les cadenas du pont des Arts vont être vendus aux enchères, par grappes. Des centaines de cadenas comme autant de promesses non tenues. Pourvu qu'ils ne lestent pas mon élan de leur poids désolant.

On m'a dit qu'au Japon les gens qui s'aimaient ne se le déclaraient pas. Qu'on évoquait l'amour tout autour, l'état amoureux comme une chose qui dépasse les êtres, les enveloppe, les révèle ou les broie. On ne dit pas « je t'aime » mais « il y a de l'amour », comme il y a du soleil.

Je ne sais pas si vous aimeriez me revoir ou m'écrire. Il y a mon nom et mon adresse au dos de cette enveloppe et toute ma vie à l'intérieur. Je suis prête à ce que vous ne vouliez rien en faire.

J'espère pourtant que vous comprendrez ce que je ne vous dis pas.

Alice.

De la même autrice :

Ma place sur la photo, Grasset, 2004.
Chicken Street, Grasset, 2005.
Le Vieux Juif blonde, Grasset, 2006.
Thalasso, L'Avant-Scène théâtre, 2007.
Madeleine, Stock, 2007.
Keith me, Stock, 2008.
Les Terres saintes, Stock, 2010.
Liberace, Plon, 2010.
Rompre le charme, Stock, 2012.
Le Lien, suivi de *Monsieur Pipi*, Flammarion, 2012.
Dans mes yeux, Plon, 2013.
Les Érections américaines, Flammarion, 2013.
Les Promesses, Grasset, 2015.
De l'infidélité, Plon, 2018.

Le Livre de Poche s'engage pour l'environnement en réduisant l'empreinte carbone de ses livres. Celle de cet exemplaire est de : 250 g éq. CO_2 Rendez-vous sur www.livredepoche-durable.fr

Composition réalisée par PCA

Achevé d'imprimer en mars 2022 en Espagne par
LIBERDUPLEX
Dépôt légal 1re publication : avril 2022
LIBRAIRIE GÉNÉRALE FRANÇAISE
21, rue du Montparnasse – 75298 Paris Cedex 06

28/9686/6